Tous des spécimens

Italique

Tous des spécimens

PLON
www.plon.fr

92, avenue de France
75013 Paris
www.plon.fr – www.lisez.com

Mise en pages : Nord Compo
Dépôt légal : septembre 2023
ISBN : 978-2-259-31511-1

Le chien vient au monde, et quelques semaines plus tard
il appartient à un maître, il devient son attente
impatiente. Il connaît le code du bien et du mal
qui lui a été inculqué, et par conséquent
la mauvaise conscience, il peut être accablé. Sa joie,
ce sont les louanges du maître. Il n'en est jamais rassasié.
Il veut tout partager avec son maître, même la nourriture,
même le restaurant enfumé, ses amis, ses ennemis.
Il jouit d'une confiance aveugle. Devant son chien,
le maître se montre complètement nu.

Paul Nizon, *Chien : Confession à midi*, 1998

Un écrivain n'a vraiment besoin que d'une chambre
tranquille, de papier et de soi-même…
[et d'un chien]

Gabrielle Roy, *La Route d'Altamont*, 1966

Prix Gon-quoi ?

Il fait un froid de gueux ce soir et j'ignore ce que je fais ici. Face à moi, un parterre de chemises bien repassées, amidonnées à croire qu'elles viennent toutes de sortir du pressing. Il fait froid ici, mais surtout noir. Un noir guttural. Et pourtant il y a du monde dans tous les coins, élégants, parfumés – ça sent beaucoup la rose et le géranium –, et réjouis en plus, avec un sourire digne d'une meute de chiots. En grande pompe, la foule. Pantalons à pinces et petites robes sombres valsent tandis que je zigzague parmi eux, dans les jardins de cette bâtisse qui sent le vieux livre.

Qu'est-ce que je fabrique là ? À cette heure je dors chez moi, repu, épuisé d'une énième journée menée d'arrache-pied. Mais ce soir, je suis de sortie. Sauf que l'on m'a forcé. Surtout, on ne m'a pas demandé mon avis. Et me voilà au milieu de l'obscurité, sur une pelouse humide où, à tout moment, dans une crevasse, quelqu'un peut se casser la cheville.

Malgré la nuit qui tombe, les gens sont enthousiastes. Ils se tendent les bras, les joues, les mains et les verres. Ils répètent à tout bout de champ : « On a gagné, on a gagné ! » Ça me rappelle quand des gens dans la télé s'amusent pendant des heures à se lancer la balle (faut dire que moi aussi j'aime bien, surtout le dimanche après le repas). Autour de moi toutefois, je ne vois aucun jeu, aucune balle, aucun bonhomme en short qui sue et fait semblant d'avoir mal à la jambe quand soudainement on lui pique son ballon.

Ici, je ne sais pas où je suis. J'ai beau chercher des repères, des visages familiers, je n'en vois pas. Quelqu'un peut-il au moins allumer un halogène ? Les invités les moins bravaches se tiennent sous un auvent couvert de lierre éclairé par la lumière lointaine d'un couloir. Ils boivent d'un trait et s'exclament : « Oh, mais ça fait longtemps ! Comment tu vas ? C'est sympa d'être venu ce soir, on est tellement heureux, t'as pas idée ! » La plupart du temps, ils disent les mêmes phrases que ceux qui s'amusent à tâtonner l'herbe grasse dans le jardin. « C'est génial, on y croyait, mais on n'y croyait pas, tu vois ce que c'est, c'était à combien de voix déjà ? C'est vraiment incroyable, on n'oubliera jamais ce jour-là. »

Comme un espion, je me faufile parmi les conversations festonnées d'interrogations. « Il était comment ce matin à l'annonce ? Est-ce qu'il a pleuré ? Il a appelé ses parents ? Son fils ? Moi j'appellerais mes enfants si un évènement pareil m'arrivait. Et qui l'a accompagné chez Drouant, on sait ? » Les gens se posent des questions mais n'écoutent pas tellement les réponses. Ils passent de bras en bras, saluent les silhouettes en piquant une bouchée sur un plateau d'argent. Et puis, même la bouche pleine, les questions recommencent. « Il arrive quand ce soir ? Il est où notre homme de l'année ? Y a untel et untel qui sont venus le saluer, il va nous adorer de les avoir conviés mais faudra pas le brusquer, il est du genre timide notre vainqueur. »

Dans la foule bavarde, je tends l'oreille pour en savoir plus. L'homme de l'année commence moi aussi à m'intriguer. Et qui est ce Drouant dont tout le monde parle ? Curieux, je me poste près des tables remplies de garnitures de traiteurs servies par des jeunes hommes en nœud papillon. Charcuterie, fromages, petits fours, je comprends pourquoi c'est le coin huppé, et dans l'odeur des viandes sèches, j'en oublie totalement l'homme de l'année.

Au milieu du jardin, personne ne fait attention à moi à part ces deux jeunes femmes qui me caressent le pelage et qui ne font que répéter : « T'es trop mignon, toi », sans jamais se joindre à l'assemblée. Je ne veux pas paraître hautain mais le fait que tout le monde m'ignore m'étonne. C'est la première fois. Normalement je tape dans l'œil. À chacun de mes passages, je suis comme la vedette de cinéma élue à l'unanimité. Mais pas ce soir où tout le monde n'en a qu'après l'homme qui arrivera d'un instant à l'autre. Comment il s'appelle déjà ? Non pas que je sois jaloux mais ça pique ma curiosité. Derrière moi, on chuchote ; apparemment il aurait déjeuné deux heures chez Drouant avec les membres du jury. Aurait été accueilli avec ferveur. Est-ce que l'homme serait un cuisinier réputé ?

Tant bien que mal, je zigzague parmi les silhouettes sans visage des figurants. Dans la pénombre, certains me marchent sur la patte ou me bousculent, et cela devient le parcours du combattant. J'entends dire que l'homme de l'année serait à la télévision. « Au journal télévisé de TF1, c'est la tradition. » Je trouve ça bizarre de faire une fête en l'honneur de quelqu'un qui n'est pas là ! Dans la pénombre, j'avance, happé par les conversations. « Tu as vu la journaliste de *L'Express* ? Son papier était génial. C'est elle qui a écrit qu'il était un écrivain sexy, c'est ça ? » Les gens rient. « Je suis tellement contente, il le mérite amplement, son livre est si puissant. » Dans l'herbe, je comprends enfin que l'homme de l'année n'est ni cuisinier ni vedette de cinéma, mais qu'il écrit des livres. Aux quatre coins du jardin, les silhouettes rient et s'affaissent en même temps. J'ai l'impression d'assister à une scène de sables mouvants. La terre est si molle que ça abîme les talons joliment lustrés des femmes qui ne remarquent rien, trop focalisées sur l'écrivain éminent.

« La maison est à combien de Goncourt maintenant ? »

« Goncourt ». Ce n'est pas la première fois que j'entends ce mot-là. Habituellement, c'est un mot qui résonne quand j'arpente la ligne 5 du métro parisien. « Goncourt, Goncourt, attention à la marche en descendant du train. » Pourtant, ce soir, tout le monde a ce mot à la bouche : « Goncourt. Quel beau Goncourt. Un Goncourt social ! Un Goncourt pour tous. Oh mais je vous parie mon billet que cela va être un très grand Goncourt dans l'histoire des Goncourt. »

Sans se lasser, les gens se ruent de bras en bras. Ils se saluent, prennent des nouvelles, évaluent la foule devant eux comme une marée montante : « Oh, attendez mais là-bas, ce n'est pas… ? Mais si, c'est elle ! Elle a raté le prix de peu, deux voix je crois, mais par gentillesse ou par amitié, elle est venue ce soir. Cela ne m'étonne pas du tout, c'est une autrice adorable. » Au pied d'un tronc centenaire qui me donnait envie de renifler, j'essaie de distinguer de qui parlent ces gens, mais, dans la pénombre, je ne vois que des bouclettes noires et un visage pâle. Les gens autour disent la même chose. Ils râlent avec bonhomie.

« Ils auraient quand même pu installer des halogènes, ou des lampions, on n'y voit rien ce soir. Arrêtez de râler, au moins c'est bucolique » répondent les plus optimistes.

Au moment où je décide de prendre congé et d'aller me trouver un petit coin peinard pour dormir, la foule se met à applaudir. La cour devient vacarme. « Il est là ! Il est là ! » crie-t-on depuis l'arrière-cour. Les nuques à l'unisson se tournent vers la porte d'entrée. Au même instant, un homme aux cheveux clairs, petites lunettes rondes, escorté d'une dame à chapeau, arrive sous l'auvent. Il est là, notre homme de l'année. Subrepticement, la foule quitte la terre molle du jardin et les tablées de petites bouchées. Tout le monde veut saluer l'élu, le génie, l'Écrivain et embrasser sur une joue ou les deux le nouveau prix Goncourt consacré. Une queue se forme dans l'obscurité. On dirait une file de supermarché. Les gens applaudissent encore, certains s'essuient un coin d'œil et je me dis qu'au moins à présent j'aurai l'accès libre pour saliver sur la charcuterie.

Il est 20 heures, les gens boivent, rient, pleurent, et maintenant que j'ai appris l'existence des écrivains, j'aimerais me coucher.

Ma vie avant ça

Tout a commencé ici. Dans une petite caisse tapissée de paille où j'attends tranquillement entre deux roulades effrénées avec ma partenaire de bac. Elle n'a aucun nom et n'attend qu'une chose : que quelqu'un passe la porte-clochette et vienne nous saluer.

Ma partenaire et moi passons notre temps à guetter les passants qui nous frôlent et qui parfois main tendue, tapent légèrement contre la paroi pour que nos museaux se collent à la vitre. On déteste quand ils font ça. Leurs à-coups font caisse de résonance. Résultat, je m'enfouis dans la paille. Puisque notre caisse est située dans une vitrine de rue, matin et soir, on est au spectacle. Les enfants qui prennent le bus scolaire dans la rue en contrebas. Le garagiste qui répare des voitures en face. Les trois collègues de bureau qui déjeunent le midi dans la petite brasserie au numéro 23 et s'arrêtent sur le chemin du retour, la panse bien remplie, en commentant : « Tiens, le petit bringé est parti, il était rigolo avec ses taches noires sur les yeux et regardez-moi ça, il est nouveau lui, c'est quoi, un petit shihtzu tout blanc ? Mais qu'est-ce qu'il est mignon. » « Mais non rien à voir, Sophie, c'est un bichon maltais, tu me fais rire, en chien tu n'y connais vraiment rien ! »

Quand tous ces gens défilent, je me dis une seule chose : la porte-clochette va s'ouvrir. Quelqu'un va venir. Quelqu'un va nous regarder. Quelqu'un va demander à la toiletteuse d'ouvrir la vitre en plexiglas pour nous étreindre délicatement dans ses bras. Voilà ce que j'espère chaque fois.

Le bichon maltais est resté trois nuits parmi nous. Et puis la porte-clochette a retenti. Moi, ça fait bientôt huit jours que je suis là. Ma partenaire de bac, deux semaines. Au loin, dans son arrière-boutique, on entend la vendeuse grommeler « C'est pas normal, pourquoi on a pas de résa sur ceux-là ? Les pugs sont à la mode, ils sont partout sur YouTube, alors oui, les gens viennent les voir, ça défile, y a du passage, je les ai mis en vitrine exprès, pas bête la guêpe, mais après, nada, que tchi, pas de passage en caisse ! » Et puis la petite dame qui vient faire le ménage le soir lui répond toujours : « Oui enfin moi, je ne pourrais pas me permettre, ces chiens sont adorables, mais c'est trois loyers à Paris. » Et alors je ne comprends pas ce qu'elle veut dire.

Ma partenaire et moi sommes nés dans différents élevages, mais j'ignore d'où je viens. Ma puce est française. C'est ce que répond la vendeuse aux demandes curieuses et un frisson me prend : j'ai horreur des puces, moi. Avant apparemment, il n'y avait pas de puce sous la peau des chiens ; on nous identifiait par l'empreinte de notre truffe, aussi unique que les empreintes digitales humaines, et ça ne devait pas être facile, tiens, de maintenir un chien à la truffe trempée d'encre.

Comme je n'ai pas la notion du souvenir, mes origines sont floues. Je pourrais être né dans le Loir-et-Cher, dans un village perdu en Auvergne, à Sallespisse dans les Pyrénées-Atlantiques ou sur une île paumée quelque part. Ma partenaire de bac, pareil. On a le même caractère. Les mêmes ressemblances physiques aussi. Le même visage spongieux, les mêmes gros yeux, le pelage sable et les oreilles noires, la truffe grise et écrasée qui, quand on commence à trop s'amuser, chuinte comme un pneu dégonflé.

La seule chose que je n'ai pas d'elle, ce sont ces petits boutons roses sur le ventre. C'est pire quand elle se gratte : le rose devient rouge, parfois fuchsia et « plus elle s'enroule dans la paille, plus les boutons à vif font fuir les clients », peste la vendeuse d'un ton froid.

Autour de nous, il y a aussi trois chats. Ils font les beaux et nous regardent de haut. Leurs oreilles sont pointues, touffues, tendues comme des armes, et ils font bien deux fois notre taille. On les appelle des maine coons, même leur nom fait tyran. Dans la boutique qui toilette aussi les animaux du quartier, il y a avec nous deux cochons d'Inde, six lapins et depuis hier, trois spitz maigrichons qui hurlent à tout rompre. Je ne sais pas pourquoi ils aboient comme ça. C'est peut-être un truc de race, une spécialité familiale. Alors, entre les aboiements des trois excités, nos truffes ronfleuses et les grincements des cochons d'Inde, on fait passer de bonnes soirées aux habitants du premier étage.

D'ailleurs, c'est dans un concert matinal, tandis que la vendeuse distribuait les bols de vivres, que la porte-clochette s'est ouverte ce matin-là. Trop concentré par le sac de croquettes à mes côtés, je ne le discerne pas. Mais il est là pourtant, face à tous les animaux de la boutique qui aboient, miaulent et s'exclament. D'abord l'homme avise ma partenaire de bac et s'adresse à la toiletteuse : « Je n'avais pas compris que vous étiez une animalerie, sur l'annonce c'était indiqué particulier. » La vendeuse s'en défend habilement : « Pas vraiment une animalerie, disons un magasin de toilettage, peut-être un peu des deux, ils sont pas mignons ces deux-là ? », en nous pointant du doigt.

Sans rétorquer, l'homme se retourne et nous regarde en silence. Je vois bien qu'il n'en a que pour ma colocataire. Il la scrute, répète qu'elle est vraiment adorable et la vendeuse rétorque : « Un trésor, celle-là. » Mais aussitôt l'homme aperçoit les boutons roses sur son ventre clairsemé de poils et son regard change. La vendeuse a beau dire que ce n'est rien, une petite allergie, rien de grave, elle est traitée depuis lundi, c'est trop tard. Le monsieur déplace son regard à quelques centimètres, sur moi. Il me caresse l'encolure. Il dit que je suis doux comme une peluche. Il ne voulait pas de mâle à l'origine, il voulait une femelle qu'il appellerait Odette. Ça fait rire la vendeuse : « Oh, Odette c'est super drôle je reconnais, mais avouez qu'il est adorable, celui-ci. »

La vendeuse m'attrape d'une main, comme elle le fait quand elle change la paille des caissons. Elle me dépose par terre et forcément j'ai la pression. C'est la première fois qu'on me fait gambader au sol ; je ne sais pas où aller, je me sens examiné comme une bête à concours et pars me faufiler sous le bureau du fond. Au-dessus de moi, l'homme sourit. Il me regarde comme une créature curieuse et ses yeux brillent comme les phares des voitures le soir devant la vitrine.

L'homme et la vendeuse se mettent à discuter de choses qui m'échappent. Numéro d'identification, certificat, charabia. J'en profite pour scruter à mon tour l'homme qui en a après moi. Il n'est pas très grand, la taille fine, les yeux bleus, les cheveux bouclés comme un Bedlington terrier. Je crois que j'aime bien le regarder et au moment où je me dis ça, ses deux mains m'attrapent, ses yeux me scrutent comme si j'étais la nouvelle merveille du monde, tandis que la vendeuse s'exclame : « Oh, vous l'adoptez, mais c'est formidable ! »

La propriétaire du magasin se lève de sa chaise, récupère un classeur bourré de papiers, tend un minuscule paquet de croquettes comme cadeau et ajoute : « J'oubliais, vous faites quoi dans la vie ? » L'homme formule une réponse courte, aussitôt interrompue par la vendeuse à la voix perchée. « Oh vraiment, c'est pas commun et ça paye bien ? Pardon, je suis curieuse. » Et l'homme se départit d'un sourire pour archiver la conversation. En petits gestes saccadés, la propriétaire récupère une liasse de billets et ajoute : « En tout cas, je suis certaine que ce petit chien sera très aimé. Vous avez déjà un nom pour lui ?

— Oui, je vais l'appeler Italique. »

L'odeur de mon maître

Ma première sortie, je m'en rappellerai toujours. Mon premier voyage. L'air remplit ma truffe quelque peu écrasée et dans les bras de mon maître, je découvre le monde. Des bâtiments gris, des trottoirs, des pigeons, une odeur qui me donne envie de farfouiller. Tout autour de moi, des panneaux indéchiffrables, des bruits de moteurs, des nuques qui passent de façon pressée, des chiens parfois au bout de leurs bras, qui me regardent l'air de dire : « Tu as de la chance d'être dans ses bras, profites-en, ça ne durera pas. »

La première chose que je découvre dans ma vie de chiot, c'est ce long engin interminable caché sous nos pieds. Les hommes appellent ça le métro. À plus d'un mètre quatre-vingts sous terre, je suis à l'intérieur et tandis que l'engin passe de tunnel en tunnel, monsieur m'enveloppe contre lui dans une grande écharpe en laine qui me protège du froid, et je comprends une chose à ce moment-là : monsieur est attentionné, et désormais je vais l'appeler mon maître. Mon maître adoré.

Dans le métro, celui-ci a à cœur de vérifier que l'écharpe, aussi douce qu'un coussin de niche, est bien serrée contre moi. Tenu debout parmi la foule aux yeux rivés sur moi, et lové contre lui, je sens pour la première fois ce que depuis je n'oublierai plus jamais : l'odeur unique de mon maître. Une odeur indescriptible. Une odeur d'écorce, de résine et de forêt. Et un souvenir me vient. Une traversée dans les bois après ma naissance. En me concentrant, je revois des talus, de la terre fraîche, des feuilles mortes au sol qui craquent comme une meute de criquets. Mais je ne me souviens de rien d'autre. Rien que de l'odeur de l'herbe humide et de la lisière de la forêt.

Après le métro, je découvre le quartier de mon maître. Dans ses bras, je gratte pour pouvoir descendre, appelé par les odeurs des autres laissées au pied des colonnes et à chaque recoin d'immeuble. Un instinct primaire me dit que c'est maintenant chez moi, mon territoire.

Une halte dans un grand magasin, je me dégourdis les pattes et tandis que mon maître s'adresse à un jeune homme à lunettes, je pars fissa vers les paquets de croquettes jalonnés sur des mètres et des mètres. Dans leur conversation, j'entends des mots que j'ai depuis longtemps enregistrés dans ma boîte crânienne. Croquettes, jouets, bâtonnets, balles, niches, coussins, mais surtout croquettes et jouets. Puis il y a ce mot-là, entendu pour la première fois il y a une heure. Italique. « Il s'appelle Italique. » « C'est original ça et pourquoi ? » Trop occupé à reluquer les bâtonnets à mâcher, j'en oublie d'écouter.

Dans la conversation de mon maître, la plupart des mots m'échappent, mais bientôt je les imprimerai. J'en dresserai des listes dans ma tête. Les mots qui me feront plaisir, les mots qui me feront encore plus plaisir et ceux que je voudrai fuir. Et je dois déjà avouer que le verbe *promener* fera vite partie de mes préférés. Dans le magasin, mon maître écoute avec religion le moindre conseil du vendeur à lunettes. Mon maître pose question sur question et d'un coup je me suis demandé s'il savait ce qu'il faisait. J'espère ne pas avoir affaire à un emmanché. D'un pas lent, nous faisons le tour du magasin et mon maître regarde chaque rayon, chaque étagère, comme s'il fallait tout m'acheter et fais-toi plaisir, je ne suis pas du genre à refuser.

Le jeune vendeur à lunettes s'est mis à lui proposer des articles. Une espèce d'outil métallique au manche en bois. « Pour les poils », a-t-il dit. Un collier noir. Puis un autre drôle de machin qui s'accroche au collier. Le vendeur a dit : « C'est une laisse de deux mètres, largement suffisant. » Une laisse ? Encore un mot que je découvre. Dans le rayon jouets, il y en a pour tous les goûts, dont un ourson aux oreilles rondes qui me donne bien envie de les mâchouiller toute la journée, mais le jeune vendeur dépose dans les mains de mon maître un joujou en forme de porcelet qui couine comme les cochons d'Inde de chez la toiletteuse, et non merci, trop de traumatisme.

Mon maître se dirige vers les croquettes et choisit un paquet pas bien épais. « Une marque aimée de nos clients », approuve le vendeur en se grattant les cheveux. Le cœur meurtri, je dis adieu aux volumineux sacs de croquettes et en repartant, mon maître a attrapé un panier bleu nuit. Ne comptez pas sur moi pour m'assoupir une seconde là-dedans. Pour mes nuits ou pour le reste, j'ai de plus grandes ambitions.

Le direct dans 3, 2, 1…

Les jours passent et je me demande ce que trafique mon maître. Toujours fourré à la maison, aux petits soins avec moi, la main généreuse, le sommeil facile, la vie belle et paisible. Je ne m'en plains pas évidemment mais je m'attendais à passer la plupart de mes heures dans mon coin, mâchouillant un objet de valeur par pure vengeance, jonglant de sieste en sieste pendant que lui s'affaire.

Mon maître est là, du matin au soir, présent de jour comme de nuit. Il passe de pièce en pièce comme un valet occupé, s'installe dans le salon, devant un ordinateur, répond au téléphone, il change de voix, son timbre devient grave, il emploie des adjectifs que je ne connais pas mais qui peu à peu rentrent dans ma tête. Mon maître passe beaucoup de temps au téléphone ou devant la caméra de son ordinateur. Un interlocuteur apparaît souvent sur fond blanc ; il le remercie chaleureusement pour son temps et lui pose des questions farfelues. Des interrogations sur des noms ou des gens que je ne connais pas. « Que vouliez-vous nous dire avec le personnage d'Émilie ? Sa mère Thérèse n'est-elle pas selon vous l'allégorie de la crise familiale ? » L'échange est tellement pénible que je retourne me coucher. Au loin toutefois, j'entends mon maître demander : « Savez-vous quand ce sera diffusé ? Est-ce qu'il y aura une version *print* ou l'article est-il destiné au web ? » Que des mots d'aliéné.

Les premiers jours ensemble, mon maître est focalisé sur moi. Je suis la prunelle de ses yeux, sa lune, l'étincelle qui ravive son soleil. Mon maître lit trop de poésie alors ça me monte à la tête. Quand il n'a pas le nez dans ses recueils, il passe la plupart de son temps à me promener dehors, et j'adore ça. Voguer de trottoir en trottoir, de poubelle en lampadaire, toujours à la recherche d'une trace laissée par l'un de mes congénères. Peut-être que certains poètes en parlent, allez savoir. Parfois, une voiture attend mon maître au pied de l'appartement. Il apparaît nerveux, regarde sa montre, supplie le chauffeur derrière son volant de m'accepter, comme si j'étais un pestiféré pour sa voiture peu soignée. La plupart du temps, les chauffeurs acceptent, mais c'est arrivé qu'on me rejette ; je ne préfère pas raconter.

Dans la voiture, mon maître zieute une énième fois sa montre, demande à son chauffeur l'heure d'arrivée et celui-là répond : « Vingt minutes, le périph est bouché. Vous êtes pressé ? » Mon maître répond qu'il est attendu pour une interview à la radio – encore deux mots totalement étrangers. « C'est en direct, je ne peux pas être en retard, vous pensez qu'on y arrivera ? » Le chauffeur assure qu'il fera son possible et c'est vrai qu'il le fait. Je sens le moteur gronder, la voiture sprinter sur le bitume, mais sprint ou non, la voie est bouchée. Le chauffeur est désolé. Dans le petit miroir au-dessus de lui, il évite le regard de mon maître, comme lui évite mes yeux larmoyants à l'approche de midi, et son téléphone se met à sonner.

« Je suis désolé, je suis coincé au milieu des bouchons. L'émission va commencer ? Bien sûr, je comprends. Comment vous voulez qu'on s'y prenne alors ? Commencer ici ? Vous voulez dire en duplex ? D'accord. Vous me recontactez dans trois minutes dans les conditions du direct, entendu. Je ferai de mon mieux, encore désolé. »

Contrarié, mon maître raccroche et ses gestes s'agitent, ses tempes pulsent. Il expire un bon coup, attrape un bonbon mentholé qui me fait penser à nos promenades en forêt et se concentre en regardant par la vitre le paysage en accéléré. Il décroche de nouveau et sa voix change comme ces matins-là devant sa caméra : « Bonjour ! Merci pour votre invitation. »

Il paraît réciter les mêmes phrases que celles prononcées à la maison. Émilie, sa mère, la nécessité de dire l'indicible, l'absence, incarner le silence, et tout ça me fait désespérément bâiller. En douce, je vois le chauffeur jeter des coups d'œil sur la banquette arrière, fixant mon maître au téléphone dans le petit miroir aux contours gris. Je sais bien ce qu'il pense. Qui est ce type au téléphone et de quoi parle-t-il ? Je me demande la même chose. Avant qu'il n'ait le temps d'assouvir sa curiosité, nous voilà arrivés ; la voiture se gare en double file, les autres derrière klaxonnent à tout-va et du bras, le chauffeur fait signe : « C'est bon, allez-y, mission accomplie. » Sans se faire prier, et toujours au bout du fil, mon maître salue d'une main le chauffeur, et de l'autre attrape ma laisse et s'enfonce dans l'immense bâtiment ovale.

Jamais vu de bâtiment pareil. On dirait un parc d'attractions. Rien à voir avec ma maison, ses trois étages et ses balcons étroits. À l'intérieur, les couloirs forment des cercles à n'en plus finir, à croire que je me trouve dans une de ces soucoupes volantes qu'on aperçoit dans les films bizarres qui passent à la télé le soir. Mais pas le temps de flâner, mon maître fonce et tire de plus belle sur la laisse. Il semble connaître l'itinéraire. Au téléphone, il prend un air soulagé. « C'est la publicité ? Super, cela me laisse le temps d'arriver. » Mon maître se fait contrôler à l'accueil du studio par un homme en uniforme usé, montre rapidement ses papiers en prévenant : « Je suis attendu, je suis très pressé, c'est l'émission de Martin Delhambre, ça a commencé, au huitième vous dites ? Merci je fonce. »

Dans les interminables couloirs gris, mon maître est agacé. Il ne trouve pas l'endroit. Il demande à tous ceux qu'il croise : « Je suis attendu, le studio 204, c'est par là ? » Mon maître court. On lui annonce au téléphone que c'est la fin de la publicité. Interview dans trois, deux, un. Agacé, essoufflé, à deux pas du studio sans pouvoir le trouver, mon maître enchaîne devant des femmes de ménage et des journalistes penchés le long des machines à gâteaux : « Comme je vous le disais avant la publicité, ce que j'ai voulu faire ici, c'est interroger notre rapport au monde quand le monde meurt, en pleine implosion. »

À peine terminé sa phrase insensée, mon maître et moi faisons face à une porte noire. C'est là. Dans un petit habitacle où règnent des machines, des écrans, des chaises à roulettes sur lesquelles sont assis, le dos voûté, des femmes et des hommes en tee-shirt à logo, les yeux rivés vers une autre salle, petite pièce calfeutrée aux murs rouges, plongée dans la pénombre. Aussitôt, mon maître est attrapé par le bras. Une jeune femme avec un casque sur la tête lui dit : « Martin finit de prendre un appel d'auditeur, on passe l'extrait d'une chanson, ça vous laisse deux minutes pour vous installer, reprendre votre souffle et on est reparti. »

Étourdi, toujours hors d'haleine, mon maître disparaît de la régie et je me retrouve au pied d'une chaise, près d'un type dont l'haleine sent fortement le saucisson brioché – une spécialité dont j'ai beaucoup entendu parler. Autour de moi, j'entends une voix qui ne provient de nulle part. Une voix d'homme qui prononce le nom de mon maître et dit : « De retour ce soir pour la dernière partie de l'émission. Nous avons parlé du don et du contre-don ; maintenant j'aimerais vous faire écouter cet enregistrement sonore de Roland Barthes qui disait… »

Après l'extrait, la voix de mon maître apparaît d'outre-tombe. Il n'est nulle part mais il est là, flottant, tout autour, comme Dieu. L'entendre me rassure. Je reconnais son timbre brillant, ses inflexions tendres, les mots qu'il dégaine le matin au téléphone, un haut de pyjama sur le dos, les cheveux en pagaille. Enfin la première voix réapparaît. Il remercie mon maître et dit à ceux qui l'écoutent qu'il a bravé des montagnes pour être là et c'est vrai. L'animateur finit par dire : « Merci encore. Quel beau livre vous avez écrit ! J'encourage tous ceux qui nous écoutent à se le procurer. » Et lent à la détente, je comprends enfin :

Mon maître est romancier !

Mondaine

Ma vie commence haute en couleur. Nocturne. Animée. Dans des endroits cossus que les humains appellent mondains et pour lesquels ils s'habillent bien mieux que les lundis matin. Je les connais encore si peu, les humains. De ma hauteur de chien, j'apprends à les cerner, parmi les pantalons en velours, les robes à sequins, les manteaux brillants laissés sur les portants et les plateaux argentés de petits fours qui se baladent dans les airs comme des soucoupes.

Parmi la foule guindée, mon maître en est toujours. Comme les autres, il mange les petites bouchées aux odeurs fromagères, salue avec déférence, redemande des verres à pied au personnel à nœud papillon et prend des nouvelles de tous ceux qu'il croise, comme une mère de tribu concernée. « Comment allez-vous depuis le festival ? Et votre amie, la pigiste de *Marianne* ? Vous saluerez Édouard pour moi, j'ai appris qu'il montait sa maison, c'est génial ! »

Et dans toutes ces soirées mondaines, entouré de ces étrangers parfumés comme des jardins publics, je regarde chaque scène comme un film.

Je vis en tête-à-tête chez mon maître depuis quelques semaines et nos soirées sont rythmées par des sorties intempestives. Moralité, je n'ai jamais le temps de me reposer. Mon maître se prépare en fin de journée, la nuit tombe sur les toits face à nos fenêtres, tandis que ça sent la laque, le parfum et le déodorant chimique – trois produits qu'il utilise tous les jours, je les ai vite repérés dans l'une des pièces de l'appartement. Ce mélange d'odeurs qui me chatouille le museau est le signal pour me réveiller. Au bout du couloir, je m'assois et je le regarde. Je contemple celui qui m'élève. Qui est-il ? Ce maître qui dort la matinée, me promène en début d'après-midi, appelle ses deux meilleurs amis plusieurs fois dans la journée avant de dîner en grand comité ?

La troisième fois que j'ai suivi mon maître dans ces lieux pleins d'éclat, c'était il n'y a pas longtemps. La semaine dernière à vue de nez humain. Mon maître n'avait pas envie de sortir, mais une voix quelque part, qui semblait venir de son téléphone, cet appareil lumineux qu'il porte plus que moi, l'y avait plus ou moins forcé. On lui avait dit que ce serait bien de se montrer, de rencontrer du monde, d'étoffer son réseau, et pour moi, ces derniers mots étaient comme un autre langage. Le surlendemain, lui et moi avons pris trois lignes de métro. Trajet interminable, ribambelle de nuques chaudes, de sueur ambiante et de pantacourts – comme un pantalon, mais en plus moche – collés les uns contre les autres. Au point que dans la rame qui sentait la chèvre, je me suis demandé à un moment s'il ne me ramenait pas à l'animalerie à l'autre bout de la ville. S'il n'avait pas changé d'avis. S'il ne s'était pas dit que finalement, il préférait sa vie sans moi. Tout le périple, je me suis agrippé à lui ; ma truffe fouillait parmi ses vêtements qui sentaient la maison, une vague anxieuse montait dans ma poitrine, les passagers transpirants me regardaient et j'étais persuadé qu'ils me dévisageaient comme un animal bientôt abandonné.

Le métro a annoncé une sortie au nom mélodieux, ça finissait par Orves, et nous sommes descendus. Personne sur le quai ou dans les couloirs. Je trouvais ça bizarre. Dehors, il faisait noir et la pluie tombait. Mon maître avait beau m'abriter dans son col, l'eau mouillait mon pelage. Mon maître riait, disait que je ressemblais à un gremlin et je ne comprenais pas de qui il parlait, peut-être une race de chien venue de Roumanie. Mon maître marchait vite dans la pénombre, évitait les immenses flaques, quand je n'avais d'autre choix que d'y aller à pattes jointes. Son parapluie à pois au-dessus de nous, je voyais à peine le paysage défiler. Mais du reste, je comprenais qu'il n'avait pas l'intention de m'abandonner au milieu de nulle part ; alors soulagé, je me disais que les flaques, ce n'était pas bien grave.

En plein arrondissement inconnu, nous avons traversé des rues sans terrasses bondées, sans magasins aux néons éclairés ou aux croix vertes qui, pignon sur rue, clignotent de ruelle en ruelle. On avait l'impression de pénétrer dans un endroit déserté, un endroit sombre aux trottoirs gris où même les arbres avaient l'air dépressif. Ça foutait franchement le cafard. Et puis mon maître a pris à gauche et s'est dirigé vers le seul endroit éclairé de l'avenue. C'était une petite boutique aux rideaux bleus. Rien à voir avec les grandes salles à parquet et lustre à pampilles où les gens prenaient exagérément une voix chaude pour se saluer. Ici, il y avait plus de livres que de petits fours. Des tables entières de livres exposés avec des petites roulettes en dessous pour que la dame qui venait de nous accueillir les dispose à sa guise et accueille ses invités. Cette dame, je l'aimais déjà beaucoup. En me voyant arriver, elle m'avait caressé malgré mes poils trempés et s'était exclamée : « C'est le plus beau chien du monde ! » Certes, ici, il n'y avait ni fourrure ni grand comptoir en revêtement marbré, mais cette dame avait du goût.

Dans la petite boutique qui faisait à peine la taille de l'animalerie, il y avait une vingtaine de curieux qui passaient une tête, saluaient la dame, la félicitaient sincèrement avant de repartir dans le noir. Parmi eux, il y avait des gens qui venaient saluer mon maître en lui disant qu'ils suivaient avec attention son travail, notamment ce monsieur aux cheveux blancs et à la moustache fine qui le pistait comme son ombre ; on aurait dit moi. L'homme avait envie de connaître mon maître. Il le regardait avec insistance, il posait des volées de questions que je ne comprenais pas. Il semblait très content de le rencontrer enfin et mon maître répondait poliment qu'il était flatté.

Mon maître essayait de se faire petit. Je commençais à le connaître. Il coupait court aux conversations, s'éclipsait au fond de la boutique, prenait un livre, le feuilletait puis en choisissait un autre. Les gens allaient tout de même à sa rencontre. Une dame aux cheveux courts et cendrés avait travaillé avec lui il y a des années. Elle se rappelait à son souvenir et mon maître avait l'air content de la retrouver.

Derrière un comptoir, la dame avait présenté son fils à mon maître. Elle disait que c'était une nouvelle aventure à deux. Un challenge de famille. Une page qui se tournait. Ils savaient tous deux que c'était la crise, que plus personne n'achetait de livres, « de bons livres », disait la femme, mais ils y croyaient. Ils allaient tout donner pour faire tourner cette librairie.

Librairie, c'était donc ça. Qu'est-ce que cela pouvait vouloir dire ? Il me fallut de longs mois d'éducation canine pour comprendre que ça signifiait le magasin des livres. Et moi, j'étais plus intrigué par les assiettes de jambon à l'entrée que par tous ces pavés à l'odeur de colle qui s'empilaient sur toutes les tables de la pièce.

Au cours de la soirée, la dame avait réuni ses invités au milieu de la boutique. Elle venait de distribuer des petites coupes de champagne, que mon maître avait poliment décliné parce qu'on était jeudi – je ne voyais pas le rapport, mais peut-être que le champagne était une boisson du mardi, comme moi et l'huile de saumon. Dans un discours adressé aux invités, la femme confiait qu'ouvrir une librairie avait été le rêve de sa vie, elle qui avait toujours travaillé en coulisses dans les maisons d'édition, s'occupant d'auteurs et de libraires de tout le pays pour qu'ils se rencontrent à chaque promotion. Sous ses cheveux qui frisaient comme des petits jouets facétieux, elle expliquait qu'elle avait longuement réfléchi. Elle aurait pu être « éditrice, critique, ou agent littéraire » – ne me demandez pas ce que c'est, j'avais commencé à me concentrer sur le jambon intouché de l'entrée. Elle aurait pu écrire aussi, comme sa mère qui, à son époque, avait écrit ce grand livre que tout le monde lisait encore aujourd'hui. Mais libraire, elle le savait en son for intérieur, c'était sa voie, son chemin à gravir, elle le savait depuis toujours. Alors oui, c'est la crise, les libraires ont la vie rude, les librairies ferment plus vite que n'importe quelle autre boutique, mais d'une voix émue et chevrotante, la dame et son fils allaient faire leur possible pour faire connaître les livres et les auteurs qu'ils aimaient.

Devant son parterre d'invités, sa voix tremblait de plus belle. Mais heureusement, par bonté de cœur, des invités ont commencé à me donner des bouts de jambon, et tandis que je me goinfrais derrière une paire de jambes, la libraire et son fils à la boucle d'oreille semblaient émus et ceux qui les écoutaient aussi. Leurs gestes l'un envers l'autre étaient pudiques – je ne fais que répéter –, et leur visage respirait le bonheur, heureux d'y être arrivés, d'être là ce soir devant des gens qui croyaient en eux, et finalement, je me disais qu'entre les cocktails sur les grands boulevards avec serveurs à nœud papillon et les petits comités au milieu de nulle part, je préférais ces petits lieux aux rideaux bleus avec jambon à volonté.

Prix des lecteurs

Le soir où j'ai définitivement compris que mon maître écrivait des livres, j'étais barbouillé. J'avais passé la matinée à vomir les restes du jambon que par amour mon romancier m'avait donné, sans savoir que le jambon était une viande qui m'intoxiquait. Après le déjeuner, il était rentré, avait découvert des dizaines de petites flaques blanches et mousseuses dans les pièces à vivre, avant de me retrouver assoupi au milieu du canapé. J'étais à ce point retourné. Mon maître avait conclu à un virus de l'hiver sans comprendre qu'il m'empoisonnait (mais j'étais trop faible pour refuser un tel mets).

Pendant qu'il s'affairait dans son bureau, j'ai passé l'après-midi à dormir, à me remettre de mes crampes d'estomac, sans pouvoir exprimer ma douleur (la seule manière de montrer que nous, les chiens, allons mal, c'est de ne rien manger et de rester tapi comme un tapis, et ça, je ne pourrais jamais). Puis le soir, mon romancier s'est mis en marche. Il a hésité longuement devant son armoire, a choisi une veste colorée, trop colorée selon moi, et un pantalon de costume trop court qui lui arrivait aux chevilles. Mon maître semblait anxieux. Devant un miroir, il répétait les mêmes phrases plusieurs fois. Ça ressemblait à un discours. Après l'avoir suffisamment prononcé, mon maître a pris son manteau, ma laisse et a claqué la porte.

Sur le trajet, il était plus nerveux que d'habitude. Ses genoux tressautaient, on aurait dit des boulons qui s'efforçaient à quitter une machine fatiguée. Dès la sortie du métro, il a retrouvé quelques connaissances qui l'attendaient sur le trottoir. « Ah, voilà l'homme de la soirée ! », comme ses amis aimaient tous dire. Je retrouvais ses deux copains, qu'il voyait chaque semaine pour dîner, son amie d'école aussi, qui portait toujours des habits à motifs fleuris (ça me donnait envie de courir dans un jardin), et ses deux acolytes écrivains, avec qui il partageait passion et frustration. Ensemble, tandis que je cherchais un endroit pour me soulager, ils se sont dirigés vers cette grande boutique au milieu de bars qui passaient une musique enjouée. Une devanture orangée, entre une pharmacie et un théâtre qui mettait en scène des navets (je me demandais bien ce que des légumes pouvaient faire sur la scène d'un théâtre), et en vitrine de celle-ci, de nombreuses photos de mon maître étaient affichées. Contrairement à la librairie bleue, il n'y avait pas de livres. À l'entrée étaient postées des jeunes filles, dont le travail était de récupérer les manteaux et de les ranger sur des cintres derrière elles, avant de distribuer un petit papier rose portant un numéro ; chaque fois, les filles disaient d'une voix qui a envie de rentrer se coucher : « Veillez à ne pas perdre votre ticket. » (Sinon quoi ? Elles vendaient ou brûlaient le manteau en ricanant ?)

La soirée se passait à l'étage. Il y avait tellement de monde que personne ne pouvait se retrouver dans la foule. Moi aussi, j'étais perdu. J'avais peur que d'un coup, les lumières s'éteignent, et que comme à la soirée Goncourt, les invités les plus éméchés me marchent dessus. Alors, tant bien que mal, j'évitais les talonnettes et les aiguilles qui se trouvaient sur mon chemin. À ses amis autour de lui qui formaient comme un rempart impénétrable, mon maître n'arrêtait pas de dire qu'il aurait dû me laisser dormir, mais pris de culpabilité à cause de ces tranches de jambon toxiques, il refusait de me laisser malade et seul. Alors nous avons pris l'air sur la terrasse et ça m'a fait du bien. J'ai pu gambader sous les jupes des femmes, parmi les mocassins des hommes qui sentaient le cuir mort. Sous un parasol, mon maître discutait avec une jeune écrivaine que tout le monde connaissait. Il la félicitait pour l'adaptation au cinéma ; il avait hâte de découvrir le film – tous les gens disaient que c'était fantastique, mais dans le dos de l'écrivaine, les yeux se levaient au ciel. Cette écrivaine, mon maître l'aimait bien. Elle était jeune, comme lui, timide aussi. Ses mots semblaient voler près du sol. Ils ont trinqué ensemble. Avec cette mixture rouge et forte que les humains appellent vin.

Une grande femme habillée d'une robe métallique – on aurait dit un frigidaire flambant neuf – est venue prendre mon maître par le bras. Ses cheveux ressemblaient aux photos des modèles en vitrine des salons de coiffure, et d'une voix qui a déraillé dans les aigus, elle a dit : « C'est l'heure ! On y va ? » Devant un mur siglé de marques, mon maître s'est posté, escorté d'autres femmes élégantes aux robes de cuisine aménagée et d'un homme chauve qui lui tendait un prix en forme de grand machin – peut-être encore un de ces ustensiles à pâtisserie dont mon maître ne se servira jamais. Les femmes prenaient la parole à tour de rôle, remerciaient des listes de gens, des noms à dormir debout ; on peut se moquer de certains chiens, mais quand on s'appelle Honoré, Corentine ou Soline, on devrait se la fermer. Au micro, les femmes parlaient à une vitesse telle que personne ne les écoutait et on préférait siroter son vin fort. Elles citaient les mêmes expressions – prix de lecteurs, concours, énormes participations –, et la femme à la robe frigo a repris la main : « On a lu des livres fabuleux toute l'année. Ce fut tellement difficile de départager… Mais un livre s'est démarqué à la majorité dès le premier tour. »

L'homme chauve, dans son pull torsadé et son pantalon trop étroit (il ne faisait que tirer sur ses poches comme si ça le grattait), a pris la parole. Il était beaucoup plus compliqué à comprendre. Il a parlé de gens que je ne connaissais pas. Des citations qui m'échappaient totalement. « *Dans la vie, on ne fait pas ce que l'on veut, mais on est responsable de ce que l'on est.* », « *L'écriture éloigne de nous trois grands maux : l'ennui, le vice et le besoin.* », « *Un écrivain est un homme pour qui il est plus difficile d'écrire que pour les autres.* », « *Ce n'est pas l'encre qui fait l'écriture, c'est la voix, la vérité solitaire de la voix, l'hémorragie de vérité au ventre de la voix.* » Sans doute que ce monsieur sans cheveux allait très mal.

Et peu importe, trois minutes plus tard, il a enfin cité le nom de mon maître et lui a tendu l'ustensile de cuisine. Les gens ont applaudi, et mon maître a tourné la tête l'air de rien sans savoir combien de temps le vacarme allait durer. Devant les trois cents invités, mon maître a commencé son discours. Il disait beaucoup merci, prononçait surtout les mêmes phrases que j'avais plus ou moins entendues quand il se préparait devant sa penderie. Une auteure, au milieu de la foule, aux yeux maquillés de noir (elle s'était sans doute frottée à un mur sale, ça m'arrive souvent) semblait très réceptive. Elle l'écoutait avec émotion, les autres préférant boire leur vin en chuchotant. Pour dire la vérité, je n'ai pas écouté non plus. Parmi les centaines de paires de jambes, j'attendais que ça se passe. Et puis les gens ont commencé à photographier mon maître. Dans un interminable escalier, tous les invités se sont placés ; les femmes élégantes ont entouré mon maître sur la première marche, et tout le monde a souri en même temps en criant un mot bizarre qui finit par « ise ».

Devant l'objectif, mon maître avait pour mission de montrer son ustensile comme il faut. Puis devant le photographe, on le mettait en scène en duo avec d'autres écrivains, dont la jeune femme aux yeux noirs, la petite timide qui ne parlait toujours pas, et un autre avec une crinière pas possible, à se demander si son toiletteur n'était pas en vacances ou parti embrasser une vie à la ferme. Quand les écrivains prenaient la pose, ils étaient tous très gênés. À croire que c'était comme une grande famille. Ils écarquillaient les yeux. Ils montraient trop leurs dents. Ils avaient l'air idiot. Le photographe disait pourtant : « C'est super ! Continuez, parlez, riez ! » Et tous s'exécutaient avant de repartir dans la foule, et de supplier un verre de vin à un jeune homme en chemise blanche qui tenait un plateau comme au cirque. Le photographe a continué à immortaliser la soirée et j'ai eu droit moi aussi à quelques clichés. Le type me suivait à la trace, c'était pénible. Il essayait de m'attraper, choisissait le bon angle, mais dès qu'il appuyait sur son appareil, instinct de survie oblige, je me mettais à bâiller.

Derrière la salle de réception où tout le monde s'attrapait par l'avant-bras, une petite pièce avait été réservée pour mon maître où ses romans étaient posés sur la table comme des trésors. C'est là que j'ai compris que c'étaient ses livres. Mon maître s'est assis, a retiré sa veste colorée et les gens, par grappes, sont venus discuter avec lui et ont commencé à le complimenter. Je ne comprenais pas pourquoi ici les chuchotements étaient de rigueur. On avait l'impression d'être dans une église (j'y suis allé une fois, on m'a viré à la seconde, et c'était tant mieux ; l'odeur là-dedans, je préfère ne pas en parler). Dans la pièce à l'abri du raffut, les gens étaient heureux d'avoir un moment en aparté avec mon maître. Et quand on a lui a tendu un stylo pour dédicacer sa pile de livres, mon maître a obéi. Il signait, et moi, je le regardais devant tous ces gens qui buvaient ses paroles. J'étais fier d'être son chien.

Romancier

Mon maître est donc romancier. Pourtant, toujours fourré à droite à gauche, il n'écrit jamais. Il n'a pas écrit depuis mon arrivée. Je l'entends toutefois souvent dire qu'il a un texte à finir, un livre à rendre, mais il préfère passer ses après-midi en ma compagnie. J'ai ce genre de don inouï.

Comme un possédé

Trois jours plus tard, c'était un mardi, mon maître a commencé à écrire. Je m'en souviens parfaitement. On s'est réveillés tous les deux, un camion-poubelle au bruit pas possible nous a sortis du lit. On s'est regardés, lui et moi, la gueule enfarinée, et je me disais naïvement que ça allait être comme les jours d'avant, quand mon maître ouvrait la porte du salon, m'attrapait, se blottissait contre moi, et me caressait doucement le garrot pour que je me rendorme toute la sainte matinée.

Ce jour-là, avec la sirène lancinante du camion sous nos fenêtres, mon romancier a ouvert les rideaux, il a mis un pied à terre, est venu jusqu'à ma niche, une main tendue sur ma joue excitée en guise de bonjour et j'en espérais plus, moi. Pour la première fois, je n'avais pas gémi de la nuit. Je n'avais pas pleuré. Aucune scène, aucun grattement à la porte, aucun jappement de tragédien, aucun hurlement. J'étais fier d'avoir tenu bon, seul et toute la nuit, dans ma niche du malheur. Fataliste, je m'étais blotti contre la bouillotte que mon maître avait préparée, et qui me rappelait le ventre de ma mère. La tête enfouie dans un tee-shirt de mon romancier, je respirais son odeur singulière. J'étais apaisé, ma solitude serait bientôt terminée, convaincu qu'au petit jour, lui et son odeur seraient là, de retour et en vrai, tout contre moi pour des heures entières.

Mais ce matin-là, mon maître n'a blotti que son ordinateur. Il n'en avait que pour lui ; il n'est ni allé boire un verre d'eau, ni se rafraîchir dans la salle de bains au tapis moelleux. Mon maître est resté là, sur le canapé, comme paralysé (comme moi devant un chien musclé sur le trottoir d'en face), son ordinateur posé sur un coussin, lui-même posé sur lui, et à ce moment-là, j'ai compris ce qu'était la vie d'un romancier. Le vide. Le calme plat. Garantie sans promenade ni jeu improvisé. La vie du romancier, c'était ça vraiment, sans blague ? Un néant ? Un abîme ? Des matinées engluées devant un écran ? J'ai adopté un lexique tragique maintenant, et je remercie pour ça mon auteur préféré.

Ce matin, mon maître a pianoté et pianoté ; ça sonnait comme une musique pas désagréable, une sorte de bourdonnement mécanique, un hymne qui allait être mon hymne tous les matins. Plus mon romancier romançait, plus cette musique cadencée m'endormait. Sur l'accoudoir du canapé, je me suis réveillé quelques heures plus tard. Rien n'avait changé. Mon maître tapait de ses dix doigts sur sa machine noire, on aurait dit un possédé, ses pieds n'avaient pas bougé d'un centimètre sur la table basse, sa tête concentrée visait l'écran et dans son regard je percevais une lueur bleue, profonde, qui entamait sa rétine et faisait dilater ses pupilles. On aurait dit une créature de film. Il semblait que mon maître était hypnotisé, commandé par sa machine, que ses mains dont le contrôle lui échappait s'exécutaient comme deux soldats soumis, deux cabots trop bien dressés. Je n'avais jamais vu mon maître comme ça, offert à l'écriture, comme plongé dans une transe, et je me suis dit que l'écriture, c'était comme le morceau délicieux d'un jambon. Délicieux, succulent et tout aussi dangereux pour le ventre.

Pendant deux, trois, six heures peut-être – j'ai la notion du temps complexe –, mon maître a écrit et je me demandais quelle histoire il inventait.

Pour tromper l'ennui, j'imaginais des tas de récits. Est-ce qu'il brodait sur un homme, une femme, un voyage, une naissance, une famille ? Je préférais imaginer autre chose. L'accident tragique d'un chien à trois pattes. L'épopée d'un berger belge malinois chien soldat ou celle d'un husky sibérien cosmonaute parti à la rencontre de martiens au sang doré. L'hiver d'un chien d'aveugle ou d'un bouvier bernois qui sauve des vies en pleine montagne. Les marathons d'un athlétique retriever ou les sprints à 70 kilomètres à l'heure d'un lévrier greyhound. Ou bien encore la vie d'un caniche superstar qui remporte tous les concours de beauté et vit dans des palaces cinq étoiles comme dans les documentaires de stars. Question périples canins, j'avais de l'idée.

J'avais beau me faire un monde, mon maître n'en avait plus rien à faire de moi. Parfois il m'adressait des coups d'œil qui me disaient : « Pardon de ne pas être avec toi, ce n'est pas contre toi. » Enroulé sur moi-même comme un vieux serpent résigné, je lui répondais d'un œil sourcilleux, triangulaire, inquiet, mis en scène par les plis naissants de ma gueule. Grâce à ma troisième paupière transparente qui protège l'œil et lubrifie mon regard, j'ai en effet des yeux mélancoliques et larmoyants qui assurent un effet de drame.

Quand il se tournait vers moi, après la fin d'un chapitre ou d'une idée géniale, je sentais qu'il culpabilisait. Du reste je l'espérais. Il ne m'avait pas encore donné ma gamelle, il ne m'avait pas sorti. Sans faire de caprice, j'avais fait pipi sur un papier journal laissé sur le balcon de l'appartement mais j'avais envie de prendre l'air, de me dégourdir les pattes et de voir du paysage. Mon regard quémandait mes envies. Mon maître le savait bien au fond. Il me répondait : « dans une heure », et s'en retournait à son écran lumineux qui lui ravageait les yeux.

Nous sommes sortis une heure plus tard. Ou peut-être deux, je ne sais pas. Mon maître avait fini par tenir sa promesse. J'étais très excité quand il a prononcé le mot *promenade*. J'ai fait des tours sur moi-même, pris le couloir en long en large comme si j'étais ce caniche superstar qui défilait, fiérot, devant les juges après une sacrée victoire. Mon romancier paralysé avait refermé le capot de son ordinateur ; j'avais gagné. Laisse en main, il souriait devant mon spectacle. Moi, je jubilais.

J'étais plus fort que cette maudite bécane.

Assigné à domicile

Fini les interviews, les dîners mondains, les discussions tardives sur un trottoir ; mon maître est désormais assigné à domicile, otage ou prisonnier, réduit à n'être qu'une paire de mains, aveuglé par le clavier.

Pendant les séances interminables d'écriture de mon maître, je me tiens aux aguets. Et je profite de ses occupations pour explorer, comme si la maison était un grand pré. Loin de la musique plastique du clavier, je file à toute allure dans l'entrée. Je me rue à la salle de bains, saute dans le bac, évitant de peu de me mouiller les pattes, et en douce, lèche le carrelage encore trempé par la douche. L'endroit est assez minuscule mais il me plaît. Surtout ce grand tapis moelleux couché au milieu de la pièce qui me donne quelques envies de me soulager mais je me retiens. Faudrait pas contrarier le romancier.

Puis je passe toujours une tête dans la cuisine. Ce matin, ça sent une odeur que je ne connais pas. Plus tard, j'ai compris que c'était une odeur de brioche et j'en imagine bien des festins barbares.

Après le salon, je fais toujours face à cette grande porte à moitié entrouverte. Comme je suis amateur de tous les dangers, je pousse avec ma gueule pour pénétrer l'endroit censuré. Des coussins, des oreillers, un lit aussi grand que dans mes rêves les plus insensés, et près de la penderie, un pouf qui fait trois fois ma taille et que je compte bien arpenter. Mais à peine ma marche entamée, mon maître m'attrape par les flancs, direction le salon. Et sur l'accoudoir du canapé où je règne en lion, j'entends les mots : « Interdit ici, c'est la chambre, tu sais bien. Interdit. » Pour tromper le temps, l'ennui, je me contente de m'assoupir plusieurs heures sur les cuisses de mon maître. Je trépigne à ses pieds, le regard suppliant, le regard qui laisse dire que j'ai tant besoin de lui, et mon maître cède et me dépose sur lui. Il en profite alors pour saisir son ordinateur, qu'il installe plus loin sur ses genoux, en équilibre fragile. Ses mains peinent à parvenir jusqu'au clavier, mais mon maître me contourne tout doucement et s'en accommode. Parfois il s'interrompt dans le travail et prend une photo de moi.

Il en a besoin de combien dans son téléphone ? Mille cinq cent soixante ? Puis satisfait de son cliché, il recommence à pianoter sur son clavier. Il commente parfois à haute voix. Une fin de phrase. Le numéro d'un chapitre. Sa tête replonge alors dans la lumière aveuglante de l'écran, et silence.

Au chapitre suivant, les mains de mon maître cessent de taper. Il lit et relit. Il se lève, me déplace gentiment sur le côté, part récupérer le courrier tout juste déposé par la gardienne sous le paillasson. Il ouvre une lettre, se fait un café, regarde au loin l'écran de son ordinateur comme s'il s'attendait à être interpellé. Et après quelques allées et venues stressées, mon maître se rassoit. Il relit les derniers mots, mais il bute. Il bloque. L'écran affiche une grande page blanche et j'ai déjà entendu ces mots quelque part. Du reste, mon maître paraît angoissé.

D'un coup agité, angoissé, animé de mouvements saccadés, mon maître peine à continuer d'écrire. Sa main droite sur la souris part visiter des sites lumineux avec des images bleues, roses et vertes sur ce qu'il appelle Internet. Mon maître clique sur des boutons, et comme à la télé, des vidéos résonnent depuis l'ordi. Mon maître est resté à les regarder pendant une heure. Puis une autre. Et il en a eu assez. Mon maître a éteint l'ordinateur. La page blanche est restée blanche. Et il a sorti une balle de ma niche pour me tirer de ma sieste carabinée. C'est lui surtout qui voulait jouer et je me suis dit : « Ah, romancier, c'est un métier tranquille tout compte fait. »

Érudit, moi ?

Vous me direz, parce que je vous vois venir : « Pour un chien, celui-là parle bien. Il parle comme un homme, il s'exprime bien, façon grand conteur ». Et ce n'est pas ma faute. C'est grâce à mon maître qui écrit et que j'écoute avec dévotion comme un disciple.

Souvent, quand il termine un chapitre, mon maître le relit à voix haute. Je ne sais pas trop pourquoi, peut-être que c'est comme cette manie qu'ont les hommes de se regarder dans le miroir. C'est ainsi que je capte les mots. Plus il les répète, plus je les retiens, et parfois, il explique que c'est une question de musique, de rythme, que les mots doivent former une toile sonore et ça m'échappe totalement. Mais peu à peu, ses mots entrent doucement dans ma boîte crânienne. Il ne faut pas croire qu'on ne connaît pas le langage humain.

Nous, les chiens, sommes suffisamment intelligents pour retenir quelques centaines de mots.

En parlant de miroir, mon maître m'a fait les présentations hier soir. Il me prenait dans ses bras devant la grande glace du couloir et il me disait : « Regarde, ça c'est toi, Italique. » Je ne comprenais pas ce qu'il disait. Je ne voyais que des formes, des mouvements et l'image me laissait de marbre.

Les humains et les chiens sont différents, et de jour en jour, je le comprends. Nous avons beau vivre côte à côte depuis des milliers d'années, nos comportements n'ont rien à voir. Moi, je n'ai pas conscience de moi-même. De qui je suis. De ce que je fais. L'humain, lui, comprend le monde avec ses yeux, voilà pourquoi il écrit des livres. Moi, le monde, je le saisis grâce à mon odorat. Ma truffe est un véritable radar. Je porte beaucoup plus d'attention aux stimuli olfactifs qu'aux stimuli visuels. C'est comme ça. Je flaire et reconnais ainsi ma propre odeur, celle du chat gentil de la concierge encore plus gentille, du chien énergique de la voisine du quatrième. L'odeur de mon maître, de ses copains, de sa meilleure amie d'école, de ses amis écrivains, et celle de la lessive et des draps propres, de la nourriture surtout, même à des kilomètres.

Mon maître a conscience de son apparence. Moi pas. Quand je pisse malencontreusement sur le parquet, j'ai conscience que je viens de faire une bêtise mais dix minutes plus tard, le dérapage a disparu de ma mémoire et je ne comprends pas ce long doigt que mon maître tend devant moi en fronçant les sourcils. Les hommes appellent ça la théorie de l'esprit. Comme les chiens, les très jeunes enfants en sont dépourvus. Pas capables de comprendre leurs actions et les autres tout autour.

L'homme a des sentiments, mais ça ne veut pas dire que je n'en ai pas. Quelques-uns du moins. La joie quand j'entends au loin la clé dans la serrure. La tristesse quand mon maître me dit à tout à l'heure et qu'en signe de résignation, je pars en trombe me réfugier dans l'alcôve du salon. Et puis la peur, le soulagement, la frustration (surtout quand un morceau de poulet est impliqué dans l'histoire).

À chaque état, mon corps s'exprime. En cas d'anxiété, mes yeux s'écarquillent et mes oreilles se baissent en arrière, comme prises dans le vent. Quand je suis gêné, je me mets à bâiller, c'est aussi simple que ça. Quand j'ai peur, c'est tout mon corps qui se couche au sol, mes oreilles sont totalement plaquées, je coule un regard en biais, et il m'arrive même de faire des bruits comme un enfant qui pleure (c'est arrivé lorsque je me suis fait mordre méchamment par un molosse). Mais c'est vrai que lorsque mon maître parle de honte, de mépris, de dédain, de jalousie, d'avarice, je ne comprends pas ce qu'il dit. Tout ça m'échappe. Même la colère que certains de mes congénères expriment en raidissant leur queue et en poussant des grognements sourds, moi je ne connais pas. Je n'ai jamais grogné de ma vie en hérissant les poils. Jamais montré les crocs ni retroussé les babines.

Ça veut surtout dire que je suis un chien génial.

Un spécimen

C'est vrai que je suis un spécimen génial. J'ai des gènes rares. Une sacrée belle histoire. Certes, je ne suis pas chien d'aveugle comme ma copine Manille que je croise boulevard Haussmann tous les samedis midi. Ni l'un de ces toutous capables de détecter une maladie, un cancer, une épilepsie, mais j'ai aussi mes faits de gloire.

Ma race est ancienne, mon maître aime à le raconter quand le soir il retrouve ses copains aux terrasses des cafés. Ma race remonte à plus de deux mille ans, dit-il. Grâce à ma gueule toute molle et à mes yeux globuleux, je suis le chien le plus populaire sur Instagram. En deuxième position, il y a mon copain le corgi avec ses pattes microscopiques et son gros derrière rampant. À l'origine, je viens de Chine ; je suis l'animal de compagnie des moines bouddhistes dans leurs temples ; et c'est sûrement pour ça que je détiens autant de sagesse et de savoir. À l'époque, les empereurs nous traitaient comme des nobles ou des membres de la famille impériale – mon maître en connaît un rayon sur mes ancêtres. Les empereurs nous offraient les loisirs de la vie, et mes ancêtres carlins avaient droit à leur palais avec des serviteurs et des gardiens personnels.

Au XVIe siècle, nous devenons la race officielle de la maison Orange, en Hollande, à l'époque où le pays était en pleine guerre de Quatre-Vingts Ans contre les Espagnols, narre mon maître après plusieurs verres, à croire qu'il s'improvise historien.

Le prince d'Orange, Guillaume le Taciturne, mène les forces néerlandaises au combat et lorsqu'il s'endort dans sa tente, Pompey, son carlin, le prévient de rôdeurs espagnols prêts à l'assassiner. Pompey devient un emblème, et sa truffe sera même représentée sur la tombe du prince. Plus tard, lorsque le prince Guillaume III s'est rendu en Angleterre pour régner avec son épouse Marie II, ses carlins l'ont aussi accompagné et tous portaient de petits rubans orange lors du couronnement de leur maître. En Hollande d'ailleurs, on m'appelle *mopshond* – ça veut dire « râler », et c'est toujours mieux que les mesquins d'Allemands qui nous nomment les serpillières.

Dans toute l'histoire de l'Europe, nous sommes incontournables et mon maître, en boucle, continue de raconter l'histoire de mes origines. Incontournables au point que l'Ordre du Carlin a été formé par les catholiques romains. Le pape ayant interdit aux catholiques de rejoindre les francs-maçons, ce groupe s'était créé pour les remplacer, et avait choisi le carlin comme symbole de loyauté et de confiance. Chaque division du groupe avait deux « Grands Carlins », qui étaient toujours un mâle et une femelle. Pour adhérer, les membres devaient prouver leur dévouement en embrassant l'arrière du Grand Carlin, sous sa queue (heureusement, le Grand Carlin était en porcelaine). Ils devaient également porter des colliers et même aboyer et gratter à la porte de la loge avant d'entrer (j'imagine mal mon maître faire ça mais je ne dirais pas non).

Ensuite, ça devait être drôle. Je deviens le chien des notables. Le compagnon fidèle de Marie-Antoinette d'Autriche ou celui de Joséphine, la femme de Napoléon. Le carlin de cette dernière s'appelait Fortuné et elle l'aimait tellement qu'elle refusait de le laisser dormir ailleurs que dans son lit. On raconte d'ailleurs que lorsque Napoléon est entré dans le lit de sa nouvelle épouse pour la première fois, son carlin l'a mordu à la jambe. Il défendait son territoire. Logique, je comprends parfaitement.

De l'autre côté de la Manche, bien avant les corgis, nous étions les fidèles alliés de la reine Victoria. La grande dame nous adorait. Victoria était une telle amoureuse de notre race qu'elle fit interdire la pratique de la coupe de nos oreilles veloutées, pour que les propriétaires de carlins en profitent. Mon maître les adore, il les appelle ses petits rubans de velours.

Au cours de tout son règne, la reine Victoria a eu un nombre incalculable de carlins comme animaux de compagnie. Certains disent qu'elle en a eu jusqu'à trente-huit, et que son passe-temps était de les élever (je n'imagine même pas la foire au petit-déj). Ses chiens les plus populaires étaient Olga, Pedro, Venus, Minka et Fatima. Elle préférait les pelages couleur abricot et fauve, comme moi. Et en raison de son amour pour les carlins, elle a contribué à la création du Kennel Club en Angleterre en 1873.

Généralement, les monarques préféraient les carlins aux traits précis, notamment ceux qui avaient une ride verticale sur le front, comme celle que j'arbore fièrement quand je joue l'étonné. Tous ceux qui élevaient des carlins essayaient de produire ce trait aussi souvent que possible. Trois rides horizontales distinctes reliées par une ride verticale étaient encore plus spéciales. Ces motifs de rides étaient appelés la marque du prince.

Si nous sommes les chiens oisifs des rois, pour autant, nous avons connu des heures de combat. On nous imagine toujours paresseux et lourdement essoufflés après un simple tour de pâté de maisons, mais à l'époque, mes ancêtres servaient sur le champ de bataille. Au XVIIe siècle, nous étions même utilisés par les militaires pour retrouver les personnes et les animaux perdus, alors que tous ceux qui nous traitent d'incapables ferment leur clapet !

Injustement, nous, les carlins, avons la réputation d'être un peu sots, limite bêtes. Tout ça parce que nos corps sont festonnés de bourrelets de peau (c'est de la grossophobie) et que nos yeux divergent. C'est vrai que les miens louchent un peu mais comme mon maître le dit, ça me rend attachant. Moi, je dis que c'est du délit de faciès. Vous ne le savez sûrement pas mais le carlin Chester Ludlow a obtenu en 2009 un diplôme en ligne de l'université de Rochville. Eh oui, un carlin diplômé ! Son maître avait soumis son curriculum vitæ sur le site web et payé environ cinq cents dollars pour l'inscrire. Une semaine plus tard, Chester avait reçu par courrier un diplôme et un autocollant de l'école.

Si délit de faciès il y a, ça ne nous empêche pas d'être des stars. Au cinéma, on vole la vedette. On peut voir un de mes cousins dans *Pocahontas*, *Le Travail des fous*, *Les Mitchell contre les Machines*, *La Couronne*, *La Vie secrète des animaux domestiques* et surtout les films *Men In Black*, que tout le monde cite auprès de mon maître. Mais c'est n'importe quoi. Aucun carlin digne de ce nom ne parle comme un charretier. Nous sommes des créatures élégantes. Des chiens bouddhistes, des chiens de roi. Des chiens de la grande Histoire.

La preuve, je raconte ma vie façon mémoires.

Face aux caméras

Qu'est-ce que la vie avec un romancier ? Une vie de bourdonnement mécanique et d'appels téléphoniques ? Une vie d'ordinateur pour lui, de canapé pour moi ? Une vie d'appartement sans bruit, de petits allers-retours discrets entre la chambre, la cuisine, le bureau, une vie claquemurée tout entière à attendre que le romancier termine ses histoires ? Je veux croire que je mérite plus que ça.

Je viens d'avoir quatre mois et mon énergie me tiraille les jarrets. Dans cet appartement feutré où seules les touches du clavier donnent la mesure, je me sens empêché. Mon quotidien est entrecoupé de siestes sur coussin et de courtes promenades dans le quartier. Puis un jour, je me le rappellerai toujours, quelque chose s'est mis à bouger. Le jour précisément où j'ai rencontré docteur Chen. Ce jour-là, mon maître était nerveux. Au débotté, on lui avait annoncé qu'il passerait à la télé. C'était une grande émission, beaucoup de gens la regardaient.

Avant son interview, mon maître m'a emmené dans un cabinet vitré à quelques rues en contrebas. Face à un comptoir où un jeune homme disait bonjour et au revoir, mon maître et moi avons attendu patiemment. À côté, deux femmes regardaient avec empathie leur chat enfermé dans une petite cage grillagée et moi je n'avais qu'une envie : aller renifler ces immenses paquets de croquettes alignés contre le mur.

Dix minutes plus tard, plus de paquets de croquettes, sur une table froide en acier comme la pluie, je me débattais dans les mains d'une femme aux cheveux noirs et aux yeux tirés. Mais elle répétait que j'étais mignon, que j'avais une taille idéale, elle disait un mot inconnu au bataillon, « levretté », et formulait aussi qu'il fallait faire attention, car les carlins avaient tendance à prendre vite du poids. Et sans que je comprenne mon malheur, la dame a commencé à me mettre un thermomètre là où je pense, avant de me filer des bonbons au goût de viande pour se faire pardonner. Elle a annoncé ensuite qu'il était temps de commencer la vaccination.

Maladie de Carré. Hépatite canine. Parvovirus du chien. Hépatite de Rubarth. Rage. Toux du chenil. Leptospirose. Vraiment, ça en faisait des mots terrifiants.

Après les vaccins et les bonbons de félicitation, j'ai montré patte blanche à chaque piqûre histoire d'avoir mes récompenses, mon maître semblait pressé. Attendu pour son émission télé, il quitta le maudit cabinet et la femme aux yeux tirés et ensemble nous avons retrouvé les copains du quartier. Ils s'appellent Jean-Louis, Chips, Bruce, Manille et c'est bizarre parce que quand ils se voient au loin, nos maîtres ne s'appellent jamais par leurs noms. « Tiens voilà Muscade ! » Et ce grand gaillard bodybuildé reprend en chœur : « Ce ne serait pas Pitou qui arrive là ? »

Aujourd'hui pas le temps de jouer, mon maître a besoin de se préparer. Un bol de croquettes flanqué sous le museau, il s'en va se choisir des habits pour son émission télé. Au téléphone, il demande conseil : « Un jean, tu crois que ça fait mauvais effet ? Un gilet, c'est pas trop pépère ? Une chemise, laisse tomber, je ne suis pas analyste financier. » Son amie d'école qui détient une marque de tissus lui suggère de rester lui-même, de mettre des vêtements dans lesquels il se sent à l'aise. Mon maître a passé deux heures à s'habiller, se déshabiller, se coiffer, se décoiffer, en se demandant surtout ce qu'il allait dire devant les caméras, ce qu'il faudrait évoquer et quelles anecdotes raconter.

Mon maître déteste passer à la télé. Il dit que l'image fige ses pensées, qu'il ne pense qu'à ses mains moites collées contre ses hanches, ses pieds en hauteur, sa nuque qui menace de flancher, comme un écolier après la semonce. Avec les années, il en a pris son parti mais préfère toujours la radio, bien que ces émissions soient aussi de plus en plus filmées. Mon maître sait qu'écrire des livres, c'est plus qu'écrire, c'est exister publiquement, faire des shootings, parler devant des assemblées, des caméras, des ingénieurs peu concernés et sous des projecteurs qui donnent toujours chaud. Il dit qu'être un personnage public, c'est être à la merci du public, et mon maître ne comprend pas : pourquoi doit-il commenter son travail ? Est-ce qu'on demande à un peintre pourquoi le choix de telle couleur au milieu de la toile ?

Trois heures plus tard, mon maître et moi avons atterri au beau milieu de nulle part, parmi des blocs carrés comme des jouets, des allées tristes sans arbres et sans vie, au bout desquelles une jeune femme qui tenait un porte-documents nous attendait de pied ferme.

Ce jour-là, mon maître n'était pas le seul à être interviewé. Ils étaient six à attendre, parqués comme des bêtes dans des loges avec leurs noms inscrits sur les portes. Mais les loges étaient généreusement fournies. Tous avaient droit à des bouteilles de vin et de champagne, des pots de confiture, des sachets de biscuits et je ne comprenais vraiment pas pourquoi mon maître rechignait tant à passer à la télé. C'était Byzance. La jeune femme au calepin est venue chercher mon maître pour qu'il aille au maquillage. Je pensais avoir mal compris, mais elle a répété : « au maquillage s'il vous plaît. » Peut-être qu'il allait apparaître en clown ou en créature de la nuit devant les foyers du monde entier. Dans les couloirs, mon maître a salué cette autrice d'origine algérienne au mariage de laquelle il avait assisté, une écrivaine belge qui portait beau et qui faisait plein de blagues, un autre auteur qu'il ne connaissait que de nom et qui lui a paru très sympa et pour le reste, je n'ai pas suivi, trop occupé à reluquer les gâteries en loge. Mais je sais que tous ne s'aimaient pas ; l'un d'eux avait la réputation d'être insupportable.

Devant un grand miroir constellé d'ampoules électriques qu'on appelait Hollywood, mon maître s'est assis. Un jeune maquilleur avec une mèche bleue et des ongles peints en noir s'est occupé de lui. Il lui a demandé s'il voulait le coiffer et mon maître a répondu non, il s'en était chargé (une heure durant, j'étais là pour en témoigner). Alors le maquilleur s'est contenté de retoucher son visage. Il a sorti toutes sortes de poudres, de couleurs et de pinceaux, à croire définitivement que c'était carnaval, soirée déguisée, fiesta. Le maquilleur était content de rencontrer tous ces écrivains, disait-il. Il avait surtout l'habitude de maquiller des animateurs télé et leurs équipes de chroniqueurs et la plupart étaient horribles. Mon maître discutait avec plaisir avec le maquilleur, il le trouvait gentil, mais je voyais bien qu'il était préoccupé par le tournage qui l'attendait. De retour dans sa loge, une productrice, grande comme une grue, est venue le saluer. Elle lui a dit tout le bien qu'elle pensait d'un de ses livres : son meilleur ami, un acteur connu, avait adoré aussi et souhaitait acheter les droits pour en faire une série télé. Mon maître était flatté mais ils avaient déjà été achetés par une production. Il restait une année d'option, c'était ce qu'il disait, mais il était convaincu que la série ne se ferait jamais tant le marché était compliqué.

Les caméras ont commencé à filmer des plans du plateau tandis que les écrivains attendaient derrière un grand rideau, dans le noir complet. On aurait cru que c'était une soirée d'anniversaire surprise, – « Happy Birthday, Valérie ! », qu'ils auraient pu tous dire. Les six invités devaient être filmés marchant vers le plateau, un par un, chacun leur tour, comme un défilé solennel. L'animateur heureusement les mettait à l'aise. On le connaissait pour ses blagues et son esprit pince-sans-rire. Assis autour de la table, avec trois femmes, trois hommes, pour ce qu'on appelait la parité, l'animateur a commencé l'interrogatoire. Moi, j'étais gardé de près par la femme au porte-documents. Dans ses bras, je visitais la régie et ses dizaines d'écrans empilés les uns sur les autres, les coulisses, près des paravents, des scripts et de ces micmacs de câbles noirs qui débordaient dans les coins du plateau. La femme était gentille avec moi. Elle me donnait de l'eau, me caressait le pelage. Elle disait à tous ceux qui lui parlaient dans des oreillettes à quel point elle aimait les animaux.

Devant les moniteurs, les équipes commentaient à voix basse. Ils s'adressaient à l'animateur, précisaient des questions, demandaient qu'il enchaîne plus rapidement sur un autre invité. Il ne fallait pourtant pas bredouiller, l'émission était tournée dans les conditions du direct. Il n'y aurait pas de montage. À tour de rôle, chaque auteur a raconté à quel moment il s'était senti écrivain. Certains au moment de la rédaction de leur premier livre, d'autres à la signature du contrat, d'autres encore quand ils voyaient enfin leur livre sur les tables des librairies. Tous allaient d'anecdote en anecdote. Ils racontaient les liens fusionnels qu'ils avaient avec leurs éditeurs, ils citaient leurs noms comme pour les remercier publiquement. Question après question, ils évoquaient leur façon d'organiser leurs journées ; certains se levaient tard, d'autres s'astreignaient à mille mots au petit jour comme des athlètes de fond. Ils racontaient à quel point ils pouvaient être tatillons quant au choix de la couverture de leur livre. Ils n'étaient jamais contents, ils disaient que ça les angoissait quand l'image n'avait rien à voir avec l'idée qu'ils avaient de leur livre. « De vrais anxieux de la vie », répondait l'animateur dont l'humeur restait joyeuse.

Comme l'écrivaine belge, mon maître a commencé à raconter des blagues. Quand on lui demandait quels étaient ses livres de chevet, il citait *Tom-Tom et Nana* et les autres riaient sans que je comprenne pourquoi. En tout cas, ça changeait de ses propos habituels et même son débit était plus rapide ici. Un autre renchérissait sur ses albums jeunesse préférés ; il portait un vieux tee-shirt et lui non plus ne ressemblait pas à un analyste financier. Tous les auteurs confiaient facilement leurs rituels d'écriture, où ils aimaient écrire, dans le train ou dans le lit, ou quand le ménage venait d'être fait (mon maître tout craché). Vêtue d'une ample robe bleue en organza, l'écrivaine belge était ravissante et je sentais bien qu'elle et mon maître s'appréciaient. Certains répondaient aux questions avec légèreté, plaisantaient gentiment, n'avaient pas l'intention de jouer les chefs de meutes quand d'autres se prenaient au sérieux, tels des maîtres de conférence, et l'animateur jonglait entre tous comme un chef d'orchestre. Et dans le bavardage collectif, l'heure s'est écoulée comme par magie.

À la fin, ils ont fait une photo tous ensemble, au côté de l'animateur. J'ai été convié pour le cliché, c'était quand même la moindre des choses. Mon maître m'a pris dans ses bras, il avait finalement choisi son gilet et il avait eu raison ; je trouvais qu'il lui allait parfaitement. De retour dans les loges, les écrivains se sont salués, ont promis de se lire mutuellement pour ceux qui ne se connaissaient pas et chacun a eu droit à des lingettes pour retirer ces couches orange qui s'étaient incrustées sur leur visage. Soulagé que l'émission soit terminée, mon maître m'a enfin regardé. Je l'ai dévisagé aussi. Mais il m'a regardé avec inquiétude. Il a reculé d'un pas. Puis m'a pris sur ses genoux, l'air soucieux.

Ma gueule avait doublé de volume.

En silence, j'étais en train de me défigurer.

L'hôpital

Dans la petite loge remplie de cadeaux, mon maître m'a scruté sous toutes les coutures. Il a demandé leur avis à la productrice et au maquilleur aux ongles peints en noir avec qui il avait discuté avant le tournage. Tous deux ont confirmé : « Italique a une drôle de tête, il a mangé quelque chose ? » Mon maître s'est mis à chercher et puis il a pensé au vaccin. Il m'inspectait désormais d'un air sévère, disons très concerné. Moi, je ne sentais rien, à part un engourdissement général. Je ne voyais pas que ma gueule s'était mise à enfler comme si mes joues se gorgeaient d'eau. Mon maître paniquait de plus belle et disait d'une façon affolée : « Regardez comme sa langue est devenue blanche ! Et ses yeux paraissent de minuscules billes ! » Comme la lumière était tamisée, mon maître n'était pas sûr de ce qu'il se passait. Il m'appelait par mon nom, et répétait : « Italique ? Italique ? » Comme si j'allais lui répondre : « Oui, je fais une allergie alors merci de t'en occuper. »

Mon maître m'a pris dans ses bras, m'a emmené dans la loge du maquilleur, et sous la lumière blanchâtre du miroir Hollywood, s'est rendu compte du désastre. Mes plis multipliés, ma gueule méconnaissable et mes yeux en têtes d'épingles. D'un coup, il s'est mis à paniquer. Il continuait à répéter mon prénom d'une voix lancinante, ses gestes étaient confus et la productrice est intervenue : « Il faut vite aller aux urgences, je crois qu'il y a un cabinet près du faubourg Saint-Antoine. »

Ni une ni deux, après un merci général adressé à toute l'équipe de tournage, mon maître a emporté son sac, son manteau et ma gueule enflée contre lui en oubliant tous les beaux cadeaux qui lui étaient destinés. Dans le taxi, mon maître, inquiet, me jetait constamment des coups d'œil comme si j'étais un ballon de baudruche prêt à exploser. À ce moment-là, il avait oublié à quel point il était soulagé d'en avoir fini avec le tournage de l'émission, fier des échanges et des conversations naturelles avec ses confrères, car tout ce qui comptait, c'était de guérir son meilleur ami, son partenaire, l'ombre de lui-même le plus vite possible. Avec ferveur, il assénait au chauffeur d'aller vite, plus vite, les urgences étaient loin, il fallait agir, ne surtout pas se retrouver coincé dans un bouchon sans fin. Tiens, je me rends compte que c'est un mot que je ne connaissais pas moi, *urgences*. Quelques minutes plus tard où je voyais trouble, où l'engourdissement progressait, mon maître a remercié le chauffeur pour sa rapidité et s'est engouffré dans une venelle sans jamais me lâcher. Il a poussé une épaisse porte blanche pour nous plonger dans une salle qui ressemblait au cabinet de la docteure Chen. Une femme aux longs cheveux blonds et au regard envoûtant est arrivée, un collier rose autour du cou. Elle disait être de garde, comme un chien de sécurité. Mon maître a dit : « Je viens de vous parler au téléphone », et elle a répondu : « Je vois. Alors montrez-moi… » Elle m'a regardé, et il ne lui a pas fallu longtemps pour annoncer : « Votre chien fait une réaction au vaccin inoculé. On va le prendre en charge, attendez-moi là. »

La jeune femme au regard envoûtant a pris des notes sur son bureau et j'ai repensé à celle qui tenait son porte-documents et dont les gestes étaient si doux à mon endroit. J'ai entendu le collier rose cliqueter doucement sur sa blouse et la femme est partie ; il ne restait que mon maître et moi. Au loin, j'entendais des chiens qui gémissaient avant que passe devant nous un couple dont le chiot venait d'avaler une boule en métal. Il devait être opéré d'urgence et c'est là que j'ai compris quel était cet endroit. Un hôpital, un lieu de souffrances et d'accidents. J'ai commencé à gémir, moi aussi. À gesticuler, signal de mon envie de détaler. Je n'aimais pas me savoir ici, dans ce grand bâtiment aux murs blancs, parmi les chiens malades et les fragiles. Mon maître ne se sentait pas à l'aise non plus. Je me suis blotti dans ses bras ou peut-être était-ce l'inverse. L'attente a duré une bonne heure, voire deux. Parce qu'après le chiot, ont défilé des chats, des chiens, des espèces non identifiées avec des bandages aux pattes, des collerettes en plastique autour de la gueule et dans le carnaval de l'horreur, on nous a conduits dans une petite salle d'auscultation. La jeune femme au collier rose a examiné mes plis boursouflés, mes yeux rétrécis, ma langue blanche comme les murs, et m'a fait une piqûre dans le derrière avant de dire à mon maître que d'ici trente minutes, je retrouverais mon aspect normal.

Mon maître était soulagé. Je voyais bien que ses gestes étaient plus alertes, que son sourire revenait. Il reprenait des couleurs. La jeune femme se voulait rassurante mais mon maître persistait à me scruter. Il voulait s'assurer que le sérum agissait. Minute après minute, je le sentais, ma gueule dégonflait, mes yeux retrouvaient leur espace, et mon maître me regardait comme si on avait été séparés pendant de longs mois.

Une fois le remède digéré, lui et moi sommes repartis dans la nuit tombée. Ce soir-là, mon maître a oublié ses livres, ses émissions télé, ses histoires qui l'obsèdent sur son clavier. Il venait d'en vivre une, pour de vrai, et il avait tellement eu peur que nous avons dormi blottis l'un contre l'autre jusqu'au lever du jour.

Un peu, beaucoup, à la folie

J'aime mon maître. J'aime mon maître beaucoup, intensément, à la folie. J'aime mon maître quand il me sauve de l'allergie ou quand il s'endort contre moi, souffle contre souffle. J'aime mon maître de jour comme de nuit. Quand il est mal réveillé ou de mauvaise humeur, parce qu'il n'arrive pas à écrire ou parce que le chapitre qui l'a mobilisé tout un après-midi a disparu comme par magie de son ordi.

J'aime mon maître quand il sort de la douche et qu'il sent le néroli. J'aime mon maître quand il rentre du sport, quand je lèche ses jambes trempées de sueur et qu'il me repousse en disant « Ça suffit. » J'aime mon maître quand il dort, quand il ronfle, quand il pleure, quand il gueule au téléphone, quand il mange devant moi, quand il me tend un petit morceau de bœuf grillé ou de légume à la vapeur. J'aime mon maître même quand il me refuse une bouchée parce qu'il est trop pressé ou affamé. Je l'aime sans condition, friandise ou régime imposé.

J'aime mon maître quand il me donne des surnoms. Quand il m'appelle l'Accordéon, le Post-it, la Saucisse, tout autant de raisons de l'aimer encore plus fort. Maintenant, à chaque surnom prononcé, je me reconnais. J'ai des dizaines de sobriquets, ils font partie de mon identité.

J'aime mon maître quand il part rencontrer des lecteurs, quand il me laisse derrière lui, comme si je n'étais qu'un simple petit parapluie. Quand il revient surtout. J'aime mon maître quand je l'entends dans les escaliers, quand il tourne la clé. J'aime quand il s'installe dans le canapé pour travailler, pour regarder pendant des heures des archives sur YouTube avant de rédiger, et alors je me blottis contre lui. Mon maître dit que je fais des créneaux. Je le fais souvent, c'est vrai. Je tourne en rond avant de me coucher, je gratte le dessus des coussins pour mieux m'installer. Un jour, mon maître a appris que cette attitude était un héritage de mon passé sauvage. Un passé lointain, quand les loups devaient s'assurer un endroit confortable pour dormir, aplatir les herbes, se créer une couche et s'assurer surtout de déloger les serpents et les insectes planqués.

J'aime mon maître quand il parle en boucle de son manuscrit, je l'écoute et le regarde avec les yeux impliqués. Depuis un mois, mon maître écrit tous les jours, et ce n'est pas grave, je lui pardonne. C'est l'amour qui me fait palpiter. Depuis peu, il lui arrive d'écrire la nuit. Concernant son texte, il dit qu'il en est au dernier virage, le dernier sentier, la dernière pente comme s'il était au volant d'un bolide. Alors, un soir sur deux, mon maître me donne à manger, dîne à son tour et au lieu de caresses devant une série télévisée, il me délaisse sans autre forme de procès et retourne travailler. Parfois, il lit d'autres livres pour s'inspirer d'une époque ou d'un moment, mais mon maître le fait rarement ; il n'aime pas être court-circuité. Alors il écrit, il invente, les heures passent, tout le monde est couché dans le quartier. Je regarde par la fenêtre et plus aucune pièce dans les immeubles d'en face n'est éclairée. Seul mon maître adoré est debout. Il tape sur son ordinateur, écrit le chapitre 36, 37, 38. Il est bientôt à la fin, dit-il, il le sent. Il le sent comme une odeur de viennoiserie, et alors que le soleil commence à se lever, que les gens se mettent debout et partent travailler, mon maître se couche, le corps lourd et entassé. Je le regarde s'endormir et je sais bien que pour ma promenade matinale, il ne faudra pas jouer les pressés. Heureusement que je l'aime à en pleurer.

À l'amour, à l'amitié

Pour décompresser après ses séances d'écriture, mon maître retrouve ses amis.

Dans les salons ou sur les terrasses, je passe de main en main. Emma m'adore ; elle m'appelle le bigleux et je crois que c'est attendrissant. Loïc est fana, Max fond pour moi, les deux Justine m'aiment aussi mais la première a un chat noir donc je me méfie. Chaque fois, tout le monde cherche à me caresser et j'aurais tort de refuser. Le temps d'une soirée, je suis l'idolâtré, la star élue sous les projecteurs. Celle qui m'aime le plus s'appelle Jade. Elle veut toujours m'avoir sur ses genoux. Dès qu'elle me voit, son visage s'illumine façon guirlande et il faut dire que ça me plaît. Je me sens désiré. Accueilli en grande pompe comme une célébrité. Sur ses genoux qu'elle garde bien serrés pour mon confort, je m'endors paisiblement. Sa main douce passe parmi mes plis alors que mes poils blancs se répandent en masse sur sa petite robe noire et Jade ne dit rien, elle me laisse roupiller sur sa robe recouverte de moi, c'est vraiment digne d'une grande femme. D'un œil mi-clos parfois, je regarde mon maître et ses amis. Au fil des heures, ils parlent de plus en plus fort, c'est étrange. Comme dans les soirées mondaines, leurs gestes sont de plus en plus grands, leurs visages plus joyeux que d'habitude, même les mots qui sortent de leurs bouches paraissent déformés, comme enveloppés de chewing-gum. Un truc m'échappe. Ils passent leur temps à faire cogner leurs verres les uns contre les autres en disant « À l'amour ! À l'amitié ! » Les humains sont vraiment des êtres particuliers. Toutes ces heures à s'hydrater, je ne comprends pas. Comment peut-on boire autant d'eau sans se lasser ? Moi, quelques lapées matin et soir et je suis sur pied.

Mon maître se demande souvent comment je bois. Il ignore surtout que nous, les chiens, avons développé une technique étonnante en nous servant de notre langue comme cuillère. Nous replions nos langues vers l'arrière et remontons l'eau de la gamelle jusqu'à la gueule. C'est pratique.

Parfois, il arrive que mon maître parte à ses dîners et me laisse seul à la maison, quand il a écrit plusieurs heures à la suite et tient à se défouler. La plupart du temps quand il me laisse, c'est qu'il veut m'épargner. Il y aura trop de monde, trop de bruits et il croit que je suis un petit chien fragile. C'est peut-être vrai. Sauf que je n'aime pas rester seul à la maison. Je n'ai pas la panique facile mais quand la nuit tombe, je ne me sens pas tranquille. J'entends des sons à des kilomètres à la ronde. Des bruits de pas, des klaxons, autant d'ondes qui m'empêchent de roupiller sur mes deux oreilles. Lorsqu'en pleine nuit, mon maître rentre, je lui fais une fête digne d'une célébration nationale. Depuis qu'il s'est rendu compte de ma peur du noir, mon maître laisse une ou deux pièces allumées pour éviter que j'aie la trouille.

La dernière fois que je l'ai accompagné dans un endroit bruyant, c'était sur une péniche à l'occasion d'une dédicace. La musique sortait par des espèces de blocs volumineux que les humains appellent enceintes. Le volume était si fort que ça me faisait trembler du ventre. Mon maître a pris peur. Il craignait que je ne fasse un malaise. Ça m'était arrivé une fois, un matin, au cours d'une promenade : je suis simplement tombé sur le côté et j'ai perdu connaissance.

Sur la péniche, il m'a blotti contre lui, m'a recouvert les oreilles avec ses mains, s'est excusé auprès des lecteurs qui attendaient une signature et s'est extirpé de la salle pour me promener sur la berge, à distance du tapage. En me voyant trembler, mon maître s'était juré de ne plus jamais me faire vivre ça. Mais cette soirée-là, c'était pour le travail. Mon maître avait rejoint Juliette, une autre auteure qui voulait à tout prix me rencontrer. Elle parlait de moi à mon maître depuis des mois. Sur la péniche, tous deux avaient participé à un débat sous forme de questions-réponses animé par une journaliste que beaucoup de gens écoutaient à la radio en fin d'après-midi et qui les faisait rire – peut-être parce que son accent belge changeait des autres voix qui grésillaient sur les ondes.

Juliette et mon maître avaient présenté leurs livres devant une foule qui buvait et dansait. Mon maître et son amie romancière s'étaient ensuite assis à une table et des gens venaient les voir pour parler de leurs histoires, de la radio, de livres, de plein de trucs que je n'écoutais pas. Comme Jade, Juliette tenait à me prendre sur ses genoux. C'était la première fois que je la rencontrais. Elle me plaisait bien. Elle avait les cheveux frisés couleur champ de blé et ses dents de devant étaient espacées ; ça me fascinait. Juliette adorait les chiens, elle en avait eu un il y a quelques années. Elle l'avait tellement aimé qu'elle avait tatoué son nom sur sa peau, précisément sur son avant-bras et moi, j'étais étonné, je pensais qu'on tatouait uniquement les chiens à coups de numéro. Son chien était un bulldog, c'est un peu comme mon cousin, sauf qu'ils ont les oreilles dressées, le corps plus musclé et qu'ils aiment tout mordiller, même les chaussures de leur maître. Juliette en avait fait les frais. Petit, son chien rongeait tout ce qui se trouvait sur son chemin, il avait bousillé une bonne partie de sa garde-robe, dont une paire d'escarpins qui coûtait chère. Le jour du désastre, Juliette avait vu rouge comme elle dit. Mais à chaque fois le bulldog se faisait pardonner. Comment s'appelait ce chien déjà ? Je ne m'en souviens plus. Ah oui ! Il s'appelait Gros. Ça faisait d'ailleurs rire tous ceux à qui elle se confiait. Gros, c'est rigolo qu'ils disaient. Moi, je voyais surtout que lorsque Juliette parlait de Gros, sa voix s'esquintait, une grande émotion la submergeait. Elle pensait à lui tous les jours. Son tatouage dans le creux de son bras la rapprochait de son chien. Ils étaient liés pour l'éternité. Quand les gens lui parlaient d'adopter à nouveau, Juliette baissait la tête en disant qu'elle en était incapable. Elle ne voulait plus accueillir de nouveau chien, parce que Gros avait été l'amour de sa vie. Il avait été sa vie toute entière, et quand je pense à moi et mon maître, je comprends parfaitement ce qu'elle dit.

Diva

Mon maître a des caprices. Dès qu'il se lève, il doit écrire. Dix minutes ou trente. Une heure ou trois. Peu importe, il doit écrire. C'est son verre de jus d'orange. Sa petite friandise. Il n'a pas besoin d'une cigarette ou d'un café ; mon maître est romancier et donc il déteste les clichés.

La plupart du temps ses caprices ont trait à l'écriture. Ne jamais le déranger quand il commence un chapitre, sinon gare à celui qui passe la porte ou met de la musique. Mon maître n'est pas un écrivain qui doit s'isoler dans une salle fermée à double tour pour écrire ; toutefois, il tient à sa tranquillité. Pour lui, le silence est d'or. Il n'écrit jamais dans le bruit matinal des terrasses de café comme je le vois souvent à la télé ou dans un train bondé. Peut-être que dans le silence, il visualise mieux les mots qu'il écrit sur le clavier comme des bulles de savon qu'il forme autour de moi lorsqu'il veut me faire sauter comme un détraqué.

Mon maître dit que jusqu'à sa mort, Nathalie Sarraute – sûrement la maîtresse d'un autre animal – se rendait tous les matins, même le dimanche, au café *Le Marceau*, à cinq minutes à pied de chez elle. Elle s'asseyait toujours à la même table et se faisait servir un café et un pot d'eau chaude. Avec ses carnets de brouillon et deux feutres, au cas où l'un d'eux viendrait à lui faire défaut, elle écrivait. Le café était tenu par des Libanais et toutes les conversations se faisaient en arabe. Nathalie aimait ça. Parce qu'elle ne parlait pas un traître mot d'arabe, le vacarme étranger lui permettait de se concentrer.

Mon maître, lui, aime principalement écrire dans notre foyer. Comme Marguerite Duras, dit-il, sûrement la maîtresse d'un bichon frisé. Comme elle, mon maître a une autre lubie. Celle de faire en sorte que l'appartement soit propre avant toute séance de travail. Moi, ça n'arrange pas beaucoup mes affaires. J'aime quand il y a du bazar, quand les coussins sont en vrac, je peux me rouler en boule ou foncer, museau bas, en pleine cible comme si je fonçais dans une tribu de pigeons sans défense. J'aime aussi quand mes jouets sont déversés partout au sol. Ça m'évite surtout de devoir les chercher sous le canapé et de m'épuiser en coups de patte pour récupérer un os en tissu ou mon jouet préféré : l'ourson aux oreilles rondes que j'ai fini évidemment par me faire offrir. Avec mes jouets dans la chambre ou le couloir, j'ai l'embarras du choix. Pas besoin de trancher. C'est le menu à la carte. Balle en mousse et saucisson. Kong à bonbon et renard sans yeux (je les ai mangés sans faire exprès un soir où j'étais très excité).

Un matin sur deux, avant d'écrire, mon maître récure l'évier, nettoie les miroirs, passe l'aspirateur, l'éponge ou la serpillière (gare à moi si je passe derrière). Voir les choses briller, ça le met en état de marche. Pour écrire, il dit que c'est essentiel. Faire la poussière, passer le balai, descendre la poubelle, ranger les livres qui traînent ou la crème à hydrater. Tout de même, les écrivains sont des gens un peu fêlés.

Par la fenêtre au réveil, il secoue de façon frénétique la courtepointe du canapé sur laquelle j'aime roupiller. Les deux tapis de la salle de bains sur lesquels j'aime à l'attendre quand il prend sa douche. Et les draps du lit dans lequel je n'ai pas le droit d'aller mais dans lequel je vais quand même, aux alentours de 2 ou 3 heures du matin, quand mon maître est trop épuisé pour me renvoyer sur mon coussin.

Une fois le ménage fait, il peut écrire. Je le sais. Il a nettoyé l'extérieur, il peut s'atteler à l'intérieur. Telle une préparation mentale, la même quand je tourne trois fois sur moi en me léchant les babines à 19 heures pour le repas.

Mon maître a des tocs. Par exemple, il écrit au lit ou sur le bureau, le corps adossé à deux épais coussins placés à l'horizontale ; un autre plus fin, à la verticale, lui maintient les cervicales. On peut dire que c'est bizarre mais pour se défendre, mon maître dit que Victor Hugo avait fait construire une chaise spéciale pour soutenir son dos dans ses moments d'écriture. Mon maître aime surtout écrire dans un rayon de soleil. Voir la lumière l'anime comme une gamelle d'eau, mais il lui arrive aussi d'écrire la nuit, parce que les sons et les bruits sont amplifiés comme par sorcellerie.

Chaque fois qu'il termine un chapitre, mon maître l'enregistre précieusement et s'envoie à lui-même un mail avec son manuscrit en pièce jointe, en cas de bug informatique. Quand il reprend l'écriture, mon maître relit toujours les trois derniers paragraphes avant d'en commencer un nouveau. C'est comme un élan, une façon de faire ses lacets.

Il dit qu'à sa différence, certains romanciers comme Jack London s'astreignent à mille mots par jour, façon épreuve sportive, et moi le sport, ça me donne envie de dormir. Mon maître n'écrit pas mille mots par jour. Il écrit quand il le veut, quand ça lui chante. Il dit que ce sont l'histoire ou les personnages qui décident. Pour certains livres, il écrit le matin. Pour d'autres, il faut que ce soit de nuit. Tout dépend des intrigues.

Quand mon maître écrit de nuit, je le regarde en *piaffounant*. C'est son mot quand, tête en l'air, sorti de mon sommeil, je mâche dans le vide. Mon maître aime ça, sauf à l'aube lorsque je piaffoune à l'en réveiller. Il me dit d'une voix de grotte : « Laisse-moi dormir, Italique ! » Et parce que j'aime mon maître, j'arrête la plupart du temps (je ne peux pas toujours m'en empêcher).

La nuit quand il écrit, mon maître se relève à de nombreuses reprises. D'un regard mi-clos je l'observe s'en aller au bout du couloir. Il vérifie le salon, la cuisine, la salle de bains. Il colle ensuite son œil au judas. Mon maître craint qu'il y ait quelqu'un. Un voleur, un intrus. Personne n'est là, bien sûr, mais mon maître entend des bruits. Il a peur surtout de l'effraction ; c'est sa hantise, son obsession, lui qui s'introduit par les mots dans la vie des autres. Alors, les mains autour du judas, il veut en avoir le cœur net. Et par amour je le laisse faire.

Il n'est pas le seul à s'inventer des histoires la nuit. Paul Valery, Ernest Hemingway, Amélie Nothomb… Je ne les connais pas mais mon maître n'en dit que du bien (ou presque). Dans le genre, Pascal Quignard se réfugie toutes les nuits dans un lit sous les toits. Sur la table de chevet sont disposés les feuillets qui ont été tapés à la machine la veille dans l'après-midi. Dans le silence total qui précède le lever du soleil et les premiers pépiements des oiseaux, Pascal Quignard se concentre, écrit à la main, le plus souvent avec un stylo de couleur rouge, corrigeant la version informatique imprimée la veille. L'après-midi, il rédige ce qu'il a inscrit et je me demande si, à ses pieds, il y a un animal comme moi pour lui tenir compagnie et assister à ses lubies.

Post-it

Dans le genre lubies, moi aussi je plaide coupable. Normal d'avoir des tics, surtout avec un maître romancier. À l'heure du coucher, j'ai la fâcheuse habitude de jouer à l'endormi sur la courtepointe du canapé. Comme ça, pas besoin de gesticuler, mon maître me transporte lui-même au pied du lit. Quand j'ai compris la technique, j'étais refait. Mon maître s'occupait de tout, je n'avais qu'à rester allongé et profiter.

Quand mon maître me dit « À tout à l'heure », je comprends qu'il s'en va. Je le regarde avec les yeux du malheur et pars en trombe sur un petit siège dans l'alcôve du salon, en chien de cirque abandonné. Et puis j'ai du mal à lâcher prise. Je ne veux pas rentrer de promenade sans avoir entendu dans la bouche de mon maître la promesse d'un gâteau. Sans le mot sacré, je déploie tous les moyens imaginables pour freiner. Je renifle les flaques sombres sur le goudron, m'enroule à un poteau, fais semblant de chercher un endroit pour faire pipi. Dans l'allée intérieure qui me rapproche fatalement du foyer, je me mets à zigzaguer parmi les pots de fleurs de Mme Diegues, la concierge de l'immeuble qui me voue un culte adoré. Elle m'appelle dès qu'elle me voit, crie mon nom, se penche sur moi pour me caresser et m'inonder de son parfum de roses (l'un de mes préférés, car Mme Diegues fait partie de mes personnes adorées).

Je ne suis pas honteux de mes lubies. Au contraire, je les assume toutes. Le Uber du soir. Le bélier quand je me retrouve face à des coussins dodus. Ou bien le post-it devant mon maître, figé devant lui, à 9 heures précises pour le petit-déj et à 19 heures pour le dîner. Je suis programmé comme le romancier à sa machine.

J'ai tellement de manies qu'en vérité j'en oublie. Il faudrait un jour demander à mon maître de les écrire. Ça le changerait de ses romans. En tout cas, je suis fier de mes lubies. Sans ça, j'aurais été un chien facile. Un chien sans histoire ou sans personnalité. Avec mes lubies, c'est différent. Avec, je comprends que mon maître et moi, on se ressemble beaucoup plus qu'on ne croit. Ses manies du ménage ou du judas. Mes lubies du Uber de minuit et de la patte enclume.

Lui et moi, même combat.

Vous voulez mon stylo ?

J'ai cinq mois et je ne suis toujours pas propre. Mon maître en parle à tout le monde et ça finit par me vexer. Propre, ça veut dire quoi en plus ? J'ai le poil soyeux. Le pelage qui sent la douceur et mon maître dit même que mes coussinets sentent le pop-corn.

Pour m'habituer à faire mes besoins dehors, mon maître fait du mieux qu'il peut. Il me sort trois fois par jour mais ça ne vient pas. Je préfère faire mes besoins au chaud et chez moi. La semaine, mon maître travaille sur son livre. Il n'a que cela en tête, le livre, le livre, finir le maudit livre. Il écrit de midi à minuit, de minuit au matin, je ne le regarde même plus. Quand il est satisfait de son travail, alors il me sort. Il m'emmène en balade des heures durant dans les bois, dans l'espoir que j'apprenne à y faire mes besoins. Sauf que je file à toute allure parmi les arbres et les bosquets, crapahute au-dessus des feuilles gelées qui craquent comme des ossements de bonne viande, dis bonjour aux shih tzu de mémés, aux bulldogs de jeunes banquiers, aux staff des coachs sportifs musclés, mais ceux avec qui je préfère me rouler, ce sont les brabançons, avec leurs tailles de guêpe et leurs yeux de déglingués. Je joue, je joue, mon maître m'observe de haut. Il attend que j'aplatisse mes pattes arrière pour faire mes besoins, mais ça ne vient pas. Résultat : après quatre heures de promenade, je rentre exténué, la langue pendante, et je finis par me soulager sur l'herbe artificielle de mon cher balconnet.

Parfois, je suis privé de nature, car mon maître et moi quittons la maison pour prendre le train. La première fois que je grimpe dans un train, mon maître est anxieux de me voir sous son siège pendant quatre heures. Il imagine que je vais faire mes besoins là où ça me chante, comme si j'étais un malpropre. Évidemment, je me retiens ; je gratte un peu le siège de mes pattes avant pour faire signe à mon maître qu'il m'installe sur ses genoux, mais celui-ci est là, aveuglé par son écran, ses mains tapent sur son clavier comme si c'était un tambour et je me demande bien ce qu'il écrit comme ça, sans l'aumône d'un regard à mon endroit.

Après trois heures de voyage, je ne tiens plus. Mon maître fixe la laisse autour de mon collier et à peine la patte sur le quai, je me soulage. Mon maître a un peu honte que les voyageurs me voient faire sur le poteau de la gare mais cela amuse la dame qui s'avance d'un pas timide vers nous : « C'est bien vous ? C'est vous l'auteur, n'est-ce pas ? » Mon maître hoche la tête. « Vous êtes Delphine la libraire ? » La femme est petite, ses cheveux sont coupés ras, un peu gris, son regard est timide mais plein de bonté. Elle dit qu'elle est ravie de nous rencontrer et me passe une main douce sur le pelage. Sans perdre de temps, elle nous accompagne vers sa voiture. La libraire est heureuse que mon maître ait accepté la dédicace dans sa librairie. Cela fait des années qu'elle défend ses livres.

Sur la route, la libraire se met à le questionner sur le roman qu'il est en train d'écrire. Elle veut des scoops, des infos exclusives, mais mon maître est secret, même moi j'ignore ce qu'il fomente en silence chaque jour sur son clavier.

La libraire est gentille mais bavarde. Elle ne se rend pas compte que mon maître est fatigué du voyage. Ses yeux se ferment au fur et à mesure des kilomètres en voiture tandis que la libraire enchaîne : « Et votre prochain livre sort quand ? On l'attend avec impatience, le dernier a bien marché dans notre librairie, on en a vendu plus de deux cents et on s'en félicite. C'est une petite librairie, vous verrez, mais nos clients sont fidèles, avec les années on a réussi à former une vraie communauté, pour la plupart vous les rencontrerez ce soir, mais vous savez comment c'est, les gens disent oui, et puis au dernier moment, ils perdent l'envie. Faut pas le prendre mal, vous savez. »

Mon maître ne le prend pas mal. Il répond qu'il a l'habitude, il sait parler devant trois cents personnes ou trois. « C'est comme un coup de dé », dit-il, et puis mon maître explique que même les auteurs de best-sellers se sont déjà retrouvés en dédicace devant un seul couple de retraités et c'est comme ça, les gens lisent de moins en moins, les écrans les occupent. « Vous regardez quoi sur Netflix en ce moment ?

— Vous avez envie de passer à la librairie ? »

Avant la rencontre, la libraire aimerait présenter mon maître à Françoise et leurs deux employés. « Vous verrez ils sont super et ils adorent vos livres. Ils les défendent toujours avec plaisir. » Mon maître est embarrassé, je le vois à sa façon de se tenir. Il voudrait aller directement à l'hôtel se reposer avant la soirée, mais pour ne pas froisser la libraire, il accepte avec joie, en demandant toutefois si l'hôtel est situé à côté. « Deux kilomètres à peine, répond Delphine. Vous aurez le temps d'y déposer vos affaires, soyez rassuré. »

À destination, mon maître découvre l'immense vitrine que Delphine et Françoise ont préparée pour sa venue, des piles de livres par dizaines ainsi qu'un portrait en pied, et mon maître rit ; il n'avait jamais vu sa tête aussi grosse, dit-il. Delphine sourit timidement. Elle demande si ça lui plaît et mon maître lui répond : « Bien sûr, c'est adorable ce que vous faites. » Avant de rentrer, Delphine tient à immortaliser ce moment : « On peut faire une photo de vous pour nos réseaux ? Juste devant la vitrine, sous le nom de la librairie ? Et prenez Italique dans vos bras, les gens vont adorer. »

Mon maître sourit tandis que je regarde ailleurs mais Delphine est trop timide pour demander une autre prise. Elle dit que c'est très bien ainsi. À l'intérieur de la petite boutique, un comité d'accueil nous attend, le sourire aux lèvres. Mon maître baisse la tête et les salue un par un. « On est ravis ! Moi, c'est Ferdinand, merci beaucoup d'avoir traversé la France pour nous.

— Bonjour, moi, c'est Françoise, la compagne de Delphine. Elle c'est Mélanie, notre stagiaire en littérature jeunesse mais elle vous lit aussi, n'est-ce pas, Mélanie ? Oh vous avez amené Italique ! Bien sûr que l'on connaît son nom, on vous suit sur Facebook, d'autant que… »

Françoise tourne les talons et ouvre la porte de l'arrière-boutique depuis laquelle un jack russel bondissant se jette sur moi.

Lui, c'est Faulkner, déformation professionnelle oblige. Le jack fond sur moi comme une ombre, et je finis au sol, la gueule trempée de salive, les oreilles bousillées, et Delphine apostrophe Françoise : « Attrape Faulkner ! Il embête Italique là, isole-le. » Par politesse, mon maître dit que ce n'est rien, au contraire, Italique doit se sociabiliser et rencontrer d'autres chiens, même si je ne demande rien, moi. Faulkner repart dare-dare dans la pièce qui sent le café tandis que je reprends mes esprits et commence à fouiller parmi les tables à roulettes de livres. L'endroit me rappelle la petite boutique bleue qu'on avait visitée lors de son inauguration : le même charme, la même odeur des pages et le même bruit discret de pas des gens qui s'approchent des livres, les ouvrent, les feuillettent avant de jeter leur dévolu sur un autre volume.

Delphine et Françoise répètent qu'elles sont ravies pour ce soir. « La rencontre débutera à 19 heures, cela vous convient ? » Comme si mon maître avait le choix. « Elle se passera ici – Delphine désigne l'entrée –, on poussera un peu les tables, on a des chaises dans la remise. » Tiraillé par l'envie d'aller à l'hôtel, mon maître leur propose de les aider à déplier les chaises, mais Françoise refuse : « Oh non bien sûr que non, on va le faire, on a l'habitude. Les cartons, les inventaires, les dédicaces… à force, nos bras deviennent comme ceux des boxeurs ! » Mon maître rit, il dit qu'il imagine à quel point la vie de libraire doit être rude, et Françoise confirme : « Mon dos a pris un sacré coup de vieux depuis qu'on a ouvert la librairie il y a dix ans. Avant j'étais comptable, dans les bureaux, sur une chaise tout confort. Maintenant j'ai une hernie discale et des douleurs violentes tous les mois. Mais c'est comme ça, c'est la vie qu'on a choisie, une vie de livres et de transmission, tant pis pour la hernie. »

La mine concernée, mon maître répond qu'il est désolé, il espère que les maux vont passer et Françoise ajoute qu'elle a appris à vivre avec la douleur :

« Ça fait partie de moi maintenant. »

Au loin, Delphine intervient : « Tu as fini de te plaindre auprès de l'auteur, oui ? » Françoise grimace en souriant, désolée. « Surtout pas, réplique mon maître. Au contraire c'est important. » Delphine comme à la rescousse de mon maître lui propose alors de l'emmener à l'hôtel : « Faut bien qu'Italique se dégourdisse les pattes et vous aussi ! » Françoise confirme de bon cœur : « C'est vrai, allez-vous reposer, on vous retient là. Filez, on se voit tout à l'heure, on devrait être une vingtaine, sans compter les retardataires et ceux qui oublient toujours de s'inscrire. On vous a prévu plein de questions, soyez en forme ! »

Dans la voiture, Delphine s'excuse platement, sa compagne est une femme enjouée. « Elle est tellement contente de vous recevoir ! » Et mon maître lui répond sincèrement qu'il est ravi lui aussi. Sans libraire, il n'y aurait pas de lecteurs, et il n'y aurait pas de livres, alors ça lui fait toujours plaisir d'échanger avec ceux qui le défendent année après année. « Vous êtes précieuses », dit-il en toute franchise.

Sur le gravier de l'hôtel, Delphine, ses grands yeux de lumière, son sourire à toute épreuve, remercie encore mon maître de sa présence.

« À ce soir, alors ? On passe vous chercher à 18 h 30, le temps d'arriver, de vous poser, de rencontrer les premiers lecteurs, cela vous convient ? »

Mon maître dit « Très bien », et alors que Delphine redémarre, mon maître regarde sa montre : 18 h 02, à peine trente minutes pour défaire sa valise et s'aérer la tête, mais c'est aussi ça être écrivain.

Un peu de cake ?

Il est 19 heures, mon maître est assis face à Delphine qui méthodiquement relit ses fiches, le livre de mon maître à la main, d'où dépassent des dizaines de petits post-it. C'est la première fois que j'assiste à une dédicace de mon maître. Pour le moment, tout le monde est silencieux. Cinq rangées de lecteurs occupent la librairie, les yeux plus ou moins rivés sur mon maître et moi sur ses genoux, qui prend la pose fière, façon statue. À l'oreille, Delphine prévient mon maître qu'ils vont attendre quelques minutes, le temps que les habituels retardataires arrivent. « Il manque qui exactement ? » souffle-t-elle discrètement en direction de Ferdinand. L'employé répond : « José et Sylvie, peut-être aussi Christiane, elle n'était pas sûre de pouvoir venir, elle avait sa fille ce soir, et on a aussi les exemplaires de Patrick et d'Anne-Laure à faire signer. Ils ne vous ont pas encore lu mais ils aiment beaucoup avoir un mot de l'écrivain avant de commencer leur lecture. »

Patient sur sa chaise, comme un congénère dans sa niche, mon maître prend son mal en patience. Il n'est pas stressé pour autant, rien à voir avec ses passages à la télé. Après dix ans de publication, il a pris l'habitude dit-il, ça fait partie du métier. Ce soir, mon maître est détendu, souriant, occupé à jouer avec Faulkner au pied de notre chaise. Faulkner qui rebondit comme il peut, essaie de m'attraper la queue en vain avant d'aller farfouiller sous la jupe de la femme aux cheveux rouges assise en face de nous. Delphine fait signe à Françoise de s'occuper du chien. « J'ai honte, dit-elle. Qu'est-ce qu'il peut être mal élevé ! » Et ça fait rire mon maître, qui se défend, vous savez sur ce terrain, je n'ai pas à juger, comme si moi aussi je me permettais de bondir sur les genoux d'inconnus, non mais.

Avec l'arrivée de José et de trois autres lecteurs, la rencontre débute et Delphine redit son plaisir d'organiser cette soirée autour de ce livre qu'elle a tant aimé. Sa liste de questions dépliée dans la main, Delphine ouvre les festivités, mon maître répond à toutes les demandes, c'est un interrogatoire en toute détente, et plus ses réponses s'enchaînent, plus sa fatigue du voyage disparaît, plus il se reconnecte à ce livre écrit il y a plus de deux ans et qui occasionne encore tous ces déplacements. En regardant mon maître, j'ai l'impression qu'il retrouve son énergie. Il fait vivre ses personnages, réinvestit le monde qu'il a construit, monté de toutes pièces, le temps de l'écriture. Les mêmes lieux, les mêmes moments.

Face à mon maître, le public paraît sous le charme. Avec attention chaque lecteur écoute l'auteur comme s'il buvait ses paroles. Bien sûr, certains ont aussi des questions qu'ils posent une fois la liste de Delphine terminée. D'autres félicitent simplement, ils ont adoré, ils ont presque pleuré. « Et moi j'ai pas résisté, dit la femme aux cheveux rouges j'ai pleuré à chaudes larmes deux ou trois fois, surtout au cours du chapitre de Mélody. » D'autres encore se veulent tatillons ; il y en a toujours un ou deux dans n'importe quelle assemblée. Ils expriment des références pointues pour montrer l'étendue de leur érudition, citent des œuvres et des noms d'auteurs inconnus au bataillon, et certains trouvent à redire : « C'était un peu court, j'aurais aimé que ça continue », « Et moi alors, j'aurais trouvé intéressant de faire vivre un peu plus le personnage de la mère. » À chaque critique, humblement, sans une once de susceptibilité, mon maître se défend. Il explique la forme imposée du livre, parle de la nature fantomatique de la mère, et les lecteurs finissent par dire d'accord je comprends, comme si c'était une sorte de pièce de théâtre organisée.

Au fil des heures, je finis par m'endormir sur ses genoux tandis que la rencontre s'achève et que mon maître dégaine son stylo pour signer les livres. Une file se forme devant lui. Celle qui a trouvé à redire est la première, elle s'excuse : « J'ai beaucoup aimé votre livre, attention, et vous savez, j'aime bien l'esprit de contradiction. » Devant mon maître, le groupe est sage, les uns derrière les autres, comme des écoliers lors de l'appel de la rentrée. Un à un, livre à la main, ils arrivent à la table et savourent ce temps privilégié en tête à tête avec l'écrivain. Tous demandent une dédicace, pour leur nièce ou pour eux-mêmes : « Vous savez ma sœur va adorer ce livre. Je le lui prends et je vais vous acheter l'autre dont vous avez parlé. Il est en poche c'est ça ? » Delphine qui veille sur mon maître comme une bonne fée, répond : « Bien sûr, c'est celui-là. Mais je te conseille aussi son troisième, c'est une vraie merveille ! « Et Delphine tend un livre à la couverture bleutée à la lectrice.

Au fond de la salle, une table est montée par Ferdinand. Françoise pose des plats qu'elle a cuisinés pendant plusieurs jours. « Servez-vous. Ça, c'est un gâteau au citron à la vapeur, là vous avez les quiches et les tartes flamandes, qui veut une part ? Un peu de cake aussi ? Delphine l'adore. » Et à quelques mètres, Delphine acquiesce et mon maître sourit, ça faisait longtemps qu'il n'avait pas été aussi bien accueilli.

Les lecteurs debout discutent entre eux, sans trop oser approcher. « Ne faites pas les timides, venez manger ! » Un peu gênés quand même, ils laissent leur livre dédicacé sur leur chaise, et en baissant la tête, déposent des parts de tarte sur une serviette. Françoise les sert en vin. « Qui veut du blanc ? » Elle est aux petits soins, heureuse de tout ce monde venu ce soir à la librairie malgré la pluie qui tombe en rideau depuis midi. Faulkner dans ses bras me regarde avec une envie de me refaire le portrait. Delphine continue de veiller sur mon maître qui signe, signe, signe et écoute les confidences du public. Il est 22 heures, la file diminue, mon maître signe toujours, les lecteurs avalent les dernières miettes de quiche et remercient les libraires pour leur grande hospitalité. Ces lecteurs qui ont bravé le froid, qui ont cerclé en rouge la date de la rencontre, qui malgré la lourdeur du quotidien sont venus, n'ont pas flanché et rien que de l'imaginer, ça émeut mon maître, alors tant pis pour la fatigue et l'heure qui s'éternise, mon maître n'a pas le temps de manger, il signe, écoute chaque confidence, répond aux questions indiscrètes, conseille, s'épanche, reçoit des histoires par dizaines car le temps d'une soirée, il n'est plus romancier, il est un ami, un infirmier, un psy, il est tout ce que tous les lecteurs font de lui.

Point final

Mon maître a fini d'écrire. C'était en plein jour. Une belle journée tranquille, calme, malgré le bruit des ouvriers sous le balcon qui burinaient les métaux et perçaient le goudron. C'était une longue séance, une séance de fin de course, mon maître tapait de concert avec les ouvriers, comme si ensemble ils formaient une chorale, une musique du tonnerre qui me rassurait ; et avec énergie mon maître ne s'arrêtait pas, le dernier chapitre, le dernier paragraphe, comme si ses mains savaient que c'était la dernière ligne droite.

Puis mon maître a écrit une dernière phrase, un dernier mot. Je me demande ce qu'il formulait. Est-ce qu'on termine un livre par Adieu ? Au revoir ou bien Merci ? À tout à l'heure comme quand mon maître part et me laisse avec ma propre compagnie ? J'ignore quels sont les derniers mots de son histoire, mais, il les a enfin écrits ; il les a pensés au point où je voyais bien que seules ces idées ultimes comptaient. Pendant tout ce temps, mon maître n'existait plus et moi non plus. Face à son ordinateur, il n'était qu'un relais, ses mains communiquaient avec ses pensées, avec cette histoire que parfois je m'inventais : des animaux dans un pré, une meute de loups, une partie de chasse, la sieste la plus incroyable de l'univers. Mon maître, je le regardais avec la même intensité qu'il regardait son écran, c'était fou. On aurait dit qu'il n'avait plus de corps, qu'il n'était plus là, que dans cette dernière ligne droite, il s'effaçait au profit de son personnage, que par un mouvement mystérieux, il devenait ce personnage. Il était lui, son visage, ses bras, chacun de ses doigts.

Mon maître a fermé l'écran de son ordinateur et il s'est senti électrifié tout autant que vidé. Je sentais que c'était un acte satisfait, une infinie révérence et ensuite, il s'est étiré longuement comme s'il venait de faire une interminable séance de sport. Les yeux azimutés, il m'a regardé, tandis que je m'étais étalé sur l'accoudoir large du canapé. Je n'ai pas relevé la tête, seulement ouvert l'œil et l'air de rien, j'ai observé les minutes qui ont suivi. Mon maître soudainement libéré écrivait sur son téléphone, appelait sa meilleure amie d'école et ses deux copains auteurs ; il répétait que son manuscrit était fini, qu'il voulait fêter ça et moi je me suis imaginé que ça allait être une immense fête, une promenade parmi les plus belles au bois, un moment incroyable. Mon maître s'est retiré dans la cuisine où il a bu un grand verre au robinet, il avait soif et je me félicitais d'avoir raison, il venait de terminer son marathon.

L'heure d'après, il a quitté la maison. Il m'a dit : « À tout à l'heure ! » sans me regarder en emportant d'une main son manteau et un parapluie. Il est revenu deux minutes plus tard, j'étais derrière la porte, prêt à danser autour de ses mollets mais mon maître a laissé sa clé sur la porte, m'a fait l'aumône d'une caresse furtive et a pris son écharpe qu'il avait oubliée parce qu'elle était tombée derrière le portemanteau (j'ignore qui s'était amusé à la tirer).

Mon maître s'en est enfin allé. Je suis resté quelques minutes derrière la porte, pensant que comme l'écharpe en laine, il m'avait sans doute oublié. J'y croyais fort, si bien que je suis resté assis, le corps droit, guettant un pas, un bruit métallique de clé mais mon maître n'est pas réapparu. J'ai quand même attendu. Je me suis dit que s'il y avait bien quelqu'un avec qui il devait fêter la fin du travail, c'était moi. Moi qui l'ai regardé écrire, taper, inventer chaque semaine et chaque mois, qui l'ai couvert de ma chaleur pendant toutes ces nuits blanches et ces matins froids, qui l'ai écouté quand il broyait du noir, quand il doutait, quand il disait à voix basse que cette fois il n'y arriverait pas, quand il fermait son capot en râlant, convaincu qu'il faisait n'importe quoi.

Mais mon maître a préféré festoyer sans moi. Derrière la porte épaisse aux trois verrous, j'ai quand même tenu bon. J'ai guetté, j'ai guetté, comme le chien que j'étais, et je me suis dit que c'était impensable, qu'il allait forcément revenir, comment pouvait-il me faire ça ? Quand le soir est tombé, je suis allé me coucher. J'étais dépité. Je n'ai même pas pris le temps de manger.

Parce que pour moi, c'était la pire des journées.

Tartine et la solitude

Maintenant que son livre est terminé, mon maître abuse de la vadrouille. Mon quotidien devient ponctué de siestes en solitaire et de fêtes en fin de journée quand je l'entends grimper les marches au milieu de la nuit. Pas à pas, il monte les cinq étages qui nous séparent et mon sixième sens me dit qu'il est là, que c'est lui, et alors je comprends une chose, l'amour ce n'est rien que ça : grimper une série d'escaliers.

Je me demande ce qu'il trafique quand il part la journée. Est-ce qu'il se rend au supermarché ? Mais je sais que les courses ne prennent généralement qu'une bonne heure. Est-ce qu'il part s'aérer ? Sans moi ce serait un crime de lèse-majesté. Est-ce qu'il s'en va à la rencontre de copains ou de la gardienne au rez-de-chaussée et me prive de ses caresses adorables et de son parfum poudré ?

Depuis peu, Mme Diegues me rend jaloux avec une femelle king charles récemment adoptée par le jeune couple du bâtiment B. Elle s'appelle Thirteen, mais la concierge l'appelle Tartine et moi non plus je ne parle pas du tout anglais.

Un jour, mon maître m'a emmené en vadrouille. On a pris le métro comme lors de notre première journée ensemble, mais il était très silencieux. Il était en pleine réflexion sur le titre de son livre. Comme le prénom d'un chien, il y avait enjeu. Je le voyais souvent faire des listes de mots sur son téléphone en les répétant à voix haute. Il me regardait parfois pour guetter mon avis, comme si je pouvais en avoir un. Parfois, mon maître oublie que je suis un chien.

Après le métro, on est arrivés dans un quartier que je ne connaissais pas, où tous les gens marchaient avec allure, avaient de beaux cheveux soyeux et portaient des manteaux longs (ça s'appelle des trenchs Burberry, je l'ai entendu d'un garçon de café en costume noir et blanc qui fumait sa cigarette près d'une terrasse bondée). Tous ces gens n'avaient rien à voir avec ceux de mon quartier et je me suis dit que chaque quartier de Paris était comme une ville. Avec ses habitants, ses codes, son architecture et… ses chiens. Ici, il y avait peu de mes congénères mais ceux que je voyais au loin, le long des vitrines blanches et joliment éclairées, étaient de grands chiens distingués, avec leurs colliers en cuir et leurs airs de ne pas y toucher.

Sur ces trottoirs propres et spacieux, je furetais la trace de mes congénères et ce n'était pas facile de les repérer ; le sol était lavé de près et une odeur de détergent et de Javel sourdait d'entre les pierres. J'ai croisé quand même un lévrier afghan tenu en laisse par une femme chic à la jupe crayon et au chemisier de soie, un mastiff du Tibet aussi et puis un braque allemand et un mâtin napolitain (ça me donnait l'impression de voyager parmi toutes ces croupes internationales). Et puis j'allais oublier, un teckel si bien peigné qu'il brillait comme un lustre, j'en étais un peu jaloux, un akita inu venu du Japon et un autre spécimen à la race non identifiée. Une sorte de mélange de bichon, de spitz et de petit caniche parfaitement frisé qui ressemblait à la star d'un film pour enfants devant lequel je me serais évertué à aboyer.

Mon maître m'a fait zigzaguer parmi tous ces chiens toilettés qui dégageaient une odeur de fleur au nom compliqué. Je me sentais un peu miné, moi qui aimais me frotter aux jantes de voitures et aux poteaux grisâtres de la ville, j'avais l'impression d'être le cabot mal fagoté. Pour donner le change, j'ai levé la truffe parmi ces chiens bien élevés et j'ai fait comme si de rien n'était, comme si j'avais moi aussi un pedigree royal, inscrit au LOF sur des générations et des générations.

Mon maître était en retard ce jour-là, alors dans la grande rue, il tirait souvent sur ma laisse (ce qui me donnait encore plus envie de freiner). Devant une porte-tambour dorée, nous nous sommes arrêtés hors d'haleine. Un homme sans cheveux nous attendait. Il était assis à une petite table recouverte d'une nappe blanche, près de plantes exotiques. Il y avait des serveurs partout, portant le même costume noir que celui qu'on avait croisé dix minutes auparavant. De l'arrière-salle aux portes à double battant me parvenaient des odeurs pas permises. Des odeurs de viandes cuites pendant des jours, des grillades rouges au feu de bois, des carpaccios de veau de lait, des onglets de limousine pur cru, des entrecôtes tapotées dans une farine de manioc, des vaches noires de la Baltique et autres travers persillés (à force de regarder toutes les émissions culinaires à la télé, je connais mon sujet).

En quelques odeurs, je savais que j'étais dans mon élément. Mon maître a traversé la grande salle parmi des installations en pierre brute, des écuelliers en bois, des statues en marbre girondes et s'est approché de l'homme sans cheveux. Il s'appelait Jean. À son tour, ses yeux se sont agrandis devant mon petit minois. Jean a dit que j'étais adorable et ça m'a rassuré ; je pouvais faire autant d'effet qu'un lévrier en blouson de cuir.

Jean m'a pris dans ses bras. Il a dit qu'il adorait les chiens. Son pull en cachemire était doux comme un animal. Une rafale de mots doux est sortie de sa bouche tandis que mon maître en face déposait son manteau sur le bras d'un serveur au nœud papillon qui lui comprimait la pomme d'Adam. « Mais qu'il est beau, mais qu'il est craquant ! » répétait Jean. Je l'aimais déjà beaucoup ce grand monsieur aux petites lunettes rondes. Près de son assiette, il y avait une pile de pages entourée d'un grand élastique et d'un crayon en papier et Jean a posé la question : « Tu es prêt pour la suite ? On en est page 70. » C'est là que j'ai compris.

Tous les jours, mon maître s'en allait corriger son livre avec Jean dans ce décor de viande insensé. Jean était l'éditeur ; il lui faisait des suggestions parfois utiles, parfois futiles et mon maître l'écoutait en s'empiffrant de mets. Il corrigeait, mangeait, réécrivait, buvait… Vraiment romancier, c'est le meilleur des métiers.

On déplace la virgule ?

Trois fois par semaine, mon maître se rend dans sa maison d'édition pour travailler son livre. Jean m'accueille toujours à bras ouverts. Comme Jade et les amis de mon maître, il crie mon nom dès qu'il me voit et je me sens important. Quand je suis près de lui, Jean demande à des assistants de vite m'apporter à boire, il me fait monter sur une méridienne douce comme une cuisse de poulet et je suis le sultan élu sous les applaudissements.

Souvent, mon maître rechigne à m'emmener, parce qu'il trouve que je cours partout, que je fais trop mon intéressant. Le jour où il m'a vu grimper sur le bureau de Jean, à deux doigts de piétiner son clavier et la pile de ses manuscrits, mon maître m'a regardé comme si c'était la dernière de mes visites. Je suis redescendu fissa et j'ai exploré les alentours, profil bas. Pour dire la vérité, je me fiche assez des livres qui décorent ce vaste appartement. Moi, ce qui me plaît ici, ce sont les grands tapis épais, les lattes vernies, les fauteuils replets et toutes ses mains qui se tendent vers moi dès que je pointe mon museau à travers l'entrebâillement d'une porte blanche.

Souvent, quand j'y vais, je rencontre du beau monde. Des gens qu'on appelle directrice générale, directeur de collection, directrice adjointe, directeur commercial, et ça fait beaucoup de directeurs devant moi. Parfois, il y a d'autres auteurs. Ils signent des livres sur une grande table, ils écrivent des mots dans leur livre au stylo noir ? À qui ? Pourquoi ?

Mon maître, lui, s'installe dans la pièce au fond du couloir et Jean l'accompagne avec un tas de feuilles sous le bras. C'est sûr que je préférerais rester dans la cuisine carrelée, sous le plan de travail où reposent la plupart du temps des madeleines chaudes, du flan pâtissier ou des macarons Pierre Hermé (je ne sais pas qui est ce bonhomme mais je sais que ses macarons ont un goût à se damner), mais comme j'aime mon maître à n'en plus respirer, je le suis au pas et finis dans la pièce du fond à le regarder travailler.

Je ne vais pas mentir, c'est aussi passionnant que le voir écrire dans le salon. À deux, comme un duo de la chanson, ils répètent certaines phrases à voix haute et ça ne ressemble pas à une conversation. Ils se posent mutuellement des questions. « On déplace la virgule ? », « On supprime le dernier paragraphe, l'avant-dernier est plus fort, plus symbolique ? », « Il faudrait resserrer ce passage, tu ne trouves pas ? », « Ici, tu pourrais ajouter une ligne de dialogue, tu ne crois pas ? », « Motif coquelicot, avec s ou sans ? » Quand la question est complexe, une femme aux cheveux gris est appelée : Odile. On l'appelle la correctrice et c'est elle qui est chargée de traquer la moindre erreur qui ferait tache dans le beau livre de mon maître. La correctrice est tellement forte qu'elle a réponse à tout. Odile se réfère à des livres techniques et quand je les vois épiloguer tous les trois sur une concordance ou un accord, je m'endors assommé sur le parquet.

De plus belle, je me demande de quoi parle le livre de mon maître. En écoutant leurs mots jetés en l'air, j'ai de vagues idées. Je retrouve des termes familiers. Comme ces immeubles gris aux balcons en fer forgé qu'ils commentent sur le papier et qui me font penser au bâtiment en face de chez nous, où il y a souvent ce couple qui s'enlace debout. Plus haut, un jeune garçon joue de la flûte devant une partition et parfois un homme entre et l'écoute derrière lui. Il y a trois jeunes filles au rez-de-chaussée, dans un grand canapé, qui regardent la télé. Il y a une petite femme au sixième aussi ; apparemment elle a un handicap qu'on appelle nanisme.

Quand j'entends mon maître et son éditeur discuter du livre, je n'imagine pas la grande aventure ; seulement ma vie, mon immeuble, mes voisins comme autant de chapitres. Et peut-être que c'est ça écrire, regarder autour de soi, contempler le monde. Peut-être que c'est ça finalement le métier de mon maître, observer les gens en silence, sans rien dire, comme le font les sages et les chiens.

1, 2, 3, *Cheese*

Mon maître s'est préparé longuement ce matin. Il a passé une éternité dans la salle de bains, s'est coiffé, recoiffé, parfumé, étalé de la crème sur le front puis une autre sous les yeux et vu les intenses préparatifs, je me suis dit qu'il allait sûrement refaire un passage à la télé.

Une serviette nouée autour de la taille, il s'est posté droit devant sa penderie comme si elle allait lui tendre une friandise. Mon maître lanternait. Il enfilait un pantalon puis un autre. Et un autre. Et encore un autre. Le lit ressemblait à une colline arrondie de chemises, de polos, de tee-shirts en vrac, jetés les uns sur les autres comme des poubelles dans une grande benne, et je me suis dit heureusement que moi j'ai juste à me lever pour affronter la journée.

En pleine séance d'essayage, mon maître a reçu un appel téléphonique. On lui conseillait de prendre plusieurs tenues. Une veste de préférence. Deux ou trois hauts. C'était important de pouvoir changer selon la lumière, l'heure de la journée, les envies de la photographe et ce n'est qu'au cours de cette discussion que j'ai compris que ce matin mon maître allait se faire photographier pour la sortie de son nouveau livre.

Une heure plus tard, bien peigné et habillé, mon maître découvrait un grand entrepôt aux murs blancs et aux poutres apparentes et dessous, des grands canapés en cuir anglais dans lesquels on me disait à voix forte de ne pas monter et bien sûr, c'est ce que j'ai fait. Près d'un bureau en acier, mon maître attendait son tour. Avant de poser devant l'objectif, il est allé faire une interview vidéo dans une véranda baignée de lumière. Deux femmes interrogeaient mon maître assis dans un grand fauteuil éclairé par le soleil. Elles lui demandaient de se présenter, de dire son nom, le titre officiel de son livre et d'autres choses à ce sujet que je n'ai pas entendues (j'étais suffisamment accaparé par les gros canapés). La prise n'a duré que quelques minutes, les deux femmes étaient satisfaites. Mon maître a rejoint la photographe escortée de son assistant. Ils se sont salués poliment et tout autour, tout le monde disait : « Mais quelle chance, elle a photographié les plus grands. » Les gens ne parlaient pas de géants mais de personnalités. Ils employaient le mot *star*. Des personnes connues parce qu'ils tournaient dans des films ou chantaient à guichet fermé dans des stades de foot.

Mon maître n'aimait pas beaucoup les photos. Il n'en faisait jamais. Il préférait m'immortaliser, moi, sous tous les angles, sous tous mes poils. D'abord, au centre de l'entrepôt, mon maître a fait une photo de groupe avec trois auteurs qui sortaient un livre à la même date. Derrière la photographe, des voix murmuraient : « Ça va être un cliché délicieux. Ça va être une photo digne de la rentrée littéraire ! » C'était la première fois que j'entendais cette expression qui allait bientôt bercer mes journées : la rentrée littéraire.

Après la photo de classe, mon maître a suivi la photographe et son assistant, et au cordeau, j'ai fait de même. Ils ont commencé la séance au milieu d'une petite pièce au bout du hangar. À l'intérieur, il y avait des vases de fleurs séchées, de grands miroirs dorés, des vitraux et mon maître ne savait pas où s'installer. « Laisse-moi faire » lui a répondu la photographe aux cheveux bouclés. Elle a commencé à shooter et les mains de mon maître se sont raidies, dociles et blanches, le long de son corps. Il essayait de sourire. Mais il était crispé. L'assistant regardait les premiers clichés diffusés sur un petit moniteur. Il faisait des réglages, déplaçait des câbles et commentait : « Celle-là regarde elle est très bien, celle-là y a un truc », et les images donnaient d'autres idées à la photographe. Moi, j'étais carrément au spectacle. Mon maître assis sur une chaise. Mon maître appuyé sur un bras. Mon maître par terre, les fesses au sol, ou sous les grands vitraux. Mon maître sous les miroirs, devant les fleurs. On aurait dit un chien de cirque.

Face à mon pantin préféré, la photographe ne donnait pas d'ordre ; elle ne disait pas : « Mets ta main dans les cheveux, touche-toi le menton, gratte-toi la joue », mais dès que mon maître changeait de pose, elle lui disait de refaire, elle lui disait de prendre la lumière et c'était franchement bizarre, mon maître n'est pas un miroir. La photographe faisait beaucoup de compliments à mon maître. Je voyais bien que mon maître était gêné, car plus on lui disait des mots gentils, moins il savait où se mettre et plus ses mains se raidissaient. Le pire moment, c'est quand la photographe a eu la lubie de le prendre en photo torse nu. Parce qu'il y avait une ancienne salle de bains cachée au premier étage et que la photographe avait envie de mettre mon maître dans le bac de douche et de le prendre en photo avec de l'eau qui ruissellerait sur son visage. Mon maître a refusé, la photographe a insisté mais il n'a rien lâché.

Le shooting a duré deux heures. Au début c'était marrant mais à la fin je n'en avais plus rien à faire des poses à droite, des regards à gauche, je me suis affalé sous le bureau d'acier dans l'espoir d'attirer un peu de compassion et autres bouts de macarons. Mon maître passait devant moi comme si je n'étais plus là. Il suivait les consignes, changeait de tenue, enfilait une veste, un autre col, une chemise blanche, et la photographe n'arrêtait pas de dire : « Elles sont très bien ces photos mais tu ne lâches pas prise, tu refuses de lâcher prise, je veux que tu t'amoches, que tu me regardes avec un œil mauvais, je ne veux pas de photo belle et polie. »

D'un sourire forcé, mon maître n'avait aucune idée de comment faire pour poser l'œil mauvais. Mais quelques clichés plus tard, le miracle s'est produit. Mon maître était semi-allongé sur une cimaise large, la pièce était bleutée – moi ça me donnait envie de pioncer. Mon maître a regardé en l'air, ses yeux se sont perdus quelque part et la photographe s'est écriée : « C'est ça ! » Et ça m'a fait sursauter.

La photographe avait fini par faire la photo qu'elle désirait depuis le matin. Elle était radieuse, elle sautillait, pressée de la montrer aux équipes. Et moi j'étais on ne peut plus soulagé.

J'allais enfin pouvoir rentrer.

Tu es à la Fnac ?

Durant toute la journée de shooting, mon maître faisait attention à son image. Il tirait sur son haut pour ne pas faire de pli, se recoiffait, se donnait quelques tapes sur le visage pour avoir bonne mine, « le rose aux joues », disait-il. Moi je n'ai jamais besoin de tout ça. Depuis que mon maître m'a adopté, tout le monde me flatte. Il suffit d'une petite promenade pour que les compliments pleuvent sur moi.

Depuis que je suis tout petit, j'ai droit aux flatteries de la terre entière. Les instagrammeuses parisiennes. Les touristes japonais. Les grands gaillards aux muscles congestionnés qui sortent de leur salle de sport et disent : « Ah wesh, il est mignon celui-là. Il a quel âge ? » C'est le mot qui revient le plus quand on me voit. Mignon. Je l'entends partout. Chez les concierges d'immeuble, les commerçants, les chauffeurs de taxi, les enfants avec leur ballon à moitié crevé ou les petites vieilles qui tirent leur cabas en demandant d'une supplique : « Je peux le caresser ? »

Après les caresses, je retrouve mes trottoirs, mes précieuses flaques, mes partenaires de jeu potentiels et rebelote, ça ne manque pas. Une longue paire de jambes s'arrête et dit une énième fois : « Qu'il est mignon ! Je peux le prendre en photo ? » Alors heureusement qu'avec toutes ces attentions je n'ai pas la grosse tête.

Mon maître non plus ne l'a pas, la grosse tête. Mais souvent on se pâme quand il confie son métier. On lui pose des questions, on fantasme sur la vie secrète des romanciers. Quand il croise des gens qu'il ne connaît pas, il fait toujours face à l'étonnement. « Attends, tu es romancier-romancier ? » Ils demandent ça deux fois comme si une fois ne suffisait pas. On lui rétorque toujours ensuite : « Mais tu en vis ? » Faudrait pas avoir affaire à une espèce de gratte-papier qui n'y consacre que ses hivers ennuyés. Les questions qui suivent à coup sûr sont : « Mais tu gagnes combien ? », « Tu vends beaucoup ? », « Tu es à la Fnac », « Tu as un Wikipédia ? » Et les questions s'arrêtent là.

Mon maître ne fait pas cas de tous ces gens qui font des largesses. Il trouve ça marrant. Même si parfois ça le démange de leur rétorquer : « Et vous, vous gagnez combien ? Je peux voir vos fiches de paye tant qu'on y est ? » Quand les gens ont le malheur de taper le nom de mon maître sur Internet, ils découvrent des photos sur Google, des interviews, des émissions télé, des podcasts, des biographies. Ils parcourent à la va-vite quelques critiques dans des journaux, des revues triées sur le volet. « Ah ouais, respect ! » qu'ils disent. Mais mon maître se contente de sourire en disant : « Ce n'est qu'un métier. » Parce qu'à part les émissions et les shootings de star, mon maître sait que sa vie est une autre réalité.

Odile

En ce moment, je ne comprends pas mon maître. Je déchiffre ses regards, ses gestes, ses humeurs, son langage corporel mais ses mots sont une sacrée affaire. Surtout quand il discute tous les après-midi avec Odile, la chef-correctrice, pour son texte.

Je n'ai rien contre Odile. Au contraire, c'est une chic fille avec de beaux cheveux bruns parsemés de fils argentés. Odile est élégante, toujours en robe fleurie, des petites sandales en cuir et son parfum me ravit (une odeur de printemps et de lingettes mélangés) et je suis sûr qu'Odile plaît aux hommes. Mon maître est sous le charme lui aussi. Même si entre eux, c'est tout sauf amoureux.

« Texte reçu, encore merci pour les délais. Vous validez la dernière couverture, le vernis autour du visage féminin et on laisse la poudre d'or derrière elle ?

— Oui très bien. La quatrième de couverture, c'est OK ?

— Le montage est fait, oui. Ça rend vraiment très bien.

— Et vous avez pointé toutes les corrections ?

— Évidemment. La Fab me presse pour le BAT final. Je dois le valider mais je ne donnerai rien sans votre accord. Ah, et j'oubliais, il faut ajouter l'ISBN. Pour la photo page 160, le détourage est OK ? Peut-être rogner sur le bord droit et on est bon ? »

Entre Odile et mon maître, c'est un langage codé. BAT, Fab, rogner, détourer. Des mots barbares, inconnus. J'ai l'impression qu'ils sont deux enfants qui s'inventent des expressions.

Il faut dire que moi, je communique surtout avec les oreilles. Pas l'habitude d'autant de mots techniques. Personnellement, je suis capable d'entendre des sons qui proviennent de quatre fois plus loin que mon maître. Si on dit du mal de moi à l'autre bout de l'appart en chuchotant, d'une manière ou d'une autre, je l'entendrais. Et tous les chiens sont ainsi, des oreilles dressées des bergers allemands aux oreilles tombantes des bassets hound. Nos oreilles sont plus musclées que toutes les oreilles de toutes les autres espèces (dix-huit muscles environ, contre trois chez les humains).

Pour dire des choses à mon maître, je m'exprime en dressant, couchant, courbant les oreilles. Chaque posture a un sens. Une alerte, un intérêt. Mes oreilles totalement aplaties sur la tête sont la marque d'une peur ou d'une volonté de soumission (ça n'est arrivé qu'une fois après une sacrée semonce de mon maître à cause d'un malheureux pipi sur un joli tapis). Et en ce moment, en écoutant mon maître et Odile, mes oreilles sont debout, figées et incrédules.

« Odile, vous avez raison. Les gymnastes sont généralement de petite taille. Retirez “grandes”. Rajoutons “petites” page 44. Page 102, je vois une coquille. Elle affronte son histoire. Et j'ai un doute page 109 : faudrait-il une virgule après “triomphale” ?

— Oui, certaines de ces coquilles ont déjà été revues ! J'oubliais : page 176. Vous dites « Des jardins de jasmins de toutes les couleurs. » Or, les jasmins sont uniquement blancs ou jaunes. Je vous propose de remplacer. Peut-être par des glaïeuls ?

— Va pour les glaïeuls.

— Et pour le reste : je vais dans votre sens sur tous les points évoqués, j'intègre donc. Je vous transférerai le retour adressé à la Fab. »

Le langage d'Odile m'échappe. C'est un langage de correctrice, de tous ceux qui traquent les erreurs, les fautes de chronologie, les coquilles, les ponctuations mal insérées, les invraisemblances qui échappent à la vigilance de l'éditeur et de mon maître.

« Je n'ai pas encore le retour des épreuves définitives, je vous fais signe quand elles arrivent !

— Peut-on voir les corrections sur maquette pour validation EP2 ?

— La Fab me presse. Voici le fichier que je viens de transmettre (toutes demandes en commentaires), si vous voulez vous assurer que tout est OK, je pourrai encore, dans le quart d'heure à venir, adresser un courriel pour ajouter un élément si nécessaire. Ensuite ça part. »

À 23 h 12, heure exacte, dans ce gloubiboulga d'échanges téléphoniques, le bouclage a eu lieu. Le livre de mon maître va donc partir à l'imprimerie. Mon maître, lui, parle de mort. Son livre est mort, parce qu'il ne pourra plus le réécrire ou le corriger. C'est une belle mort et ça me fait penser aux pharaons (je regarde beaucoup trop d'émissions historiques avec mon maître). Quand leurs chiens mouraient, les Égyptiens se rasaient les sourcils. Puis ils se mettaient de la boue dans les cheveux et portaient le deuil pendant trois jours. Je me demande si mon maître le fera aussi pour son livre.

Et bonne lecture !

Le livre vient de sortir de l'imprimerie. C'est comme un croissant hissé du four d'une boulangerie, sauf que ça sent moins le beurre et démange peu les papilles. Le livre de mon maître est livré par palettes chez l'éditeur, du plastique et du papier bulle tout autour, comme si c'était un objet fragile que je menace de casser d'un coup de patte mal géré.

Quand mon maître et moi arrivons à la maison d'édition et découvrons la livraison, mon maître n'est pas ému. Jean fait ouvrir un carton et extirpe un exemplaire pour le tendre à mon maître. Il le prend des deux mains, regarde la couverture, le titre en rouge sang, les couleurs de l'image, la quatrième qu'il relit une dernière fois et dont il est fier : il l'avait travaillée toute une nuit. Mon maître sourit devant le résultat final. Il est content, c'est sûr. Mais mon maître contient son émotion pour plus tard, quand il recevra son livre à la maison. Aujourd'hui pas le temps de s'émouvoir, mon maître a trop de travail. C'est le service de presse. Mon maître doit signer des dédicaces par centaines dans ses livres pour toutes les rédactions et tous les journalistes de France.

Vu le soin que mon maître apporte à chaque signature, je comprends que tout journaliste est important. À chaque nouveau livre, mon maître suit une liste interminable de noms et se demande s'il faut écrire *Cordialement*, *Bien à vous*, ou *Amitiés*. Mon maître fait attention à alterner les formules. Hors de question, dit-il, d'écrire la même chose à deux journalistes qui travaillent pour le même magazine.

Pendant deux heures, mon maître signe. Sur la table centrale, des piles plus ou moins hautes commencent à émerger. Je pourrais les compter mais je ne sais pas faire, alors je ne peux que les contempler en bâillant par empathie pour mon maître qui enchaîne comme un forcené. Parfois Jean vient déposer sa main sur l'épaule de mon maître. Il demande s'il tient le coup, s'il a bientôt fini et mon maître répond : « Il m'en reste deux cent dix. » Je crois que c'est un gros chiffre.

Comme pour un marathonien, Jeanne, l'attachée de presse, apporte des verres d'eau à mon maître, Raphaël, le directeur marketing, lui propose des dates pour enregistrer des vidéos et une assistante lui dépose près des piles une part de flan pâtissier. Mon maître est tellement concentré à gribouiller qu'il en oublie de m'en donner. Faut dire que ses gestes deviennent automatiques, ses yeux sont concentrés. La rengaine est toujours la même : il descend la liste des noms du doigt, prend un livre, l'ouvre, choisit une formule, puis l'écrit avant de refermer le livre et d'y glisser une étiquette avec l'adresse du journaliste. C'est fastidieux mais mon maître tient bon. À voix haute, il dit : « Plus que soixante-dix. » Je me demande bien à quoi ça sert, moi, de dédicacer. Flatter le journaliste ? Le supplier ? Le faire rire ? Lui demander de lire ? Plus mon maître en écrit, plus je me demande si les journalistes lisent vraiment toutes ces dédicaces de romanciers.

En fin d'après-midi, les doigts anesthésiés, mon maître en est à la dernière feuille de la liste et j'ai envie de gémir. Allez, qu'on en finisse, je veux rentrer ! Avec l'accord de Jeanne, il a supprimé certains noms, ça va aller plus vite ainsi, mais de son propre gré, mon maître en rajoute : des gens qu'il connaît, des gens qui lui sont fidèles, et c'est bizarre, parce que moi je ne les ai jamais rencontrés.

À force de conversations, je commence à les imaginer, ces journalistes. Les reporters tout terrain de grands quotidiens, comme des chiens de montagne robustes et au pelage épais, à l'abri sous de grands pull-overs un peu esquintés. Les journalistes d'émissions télé au poil bien lustré, parfaitement manucurés, qui ont gagné tous les prix de beauté pour y arriver. Les éditorialistes qui aboient d'une voix de stentor pour faire vendre leurs papiers. Ceux qui travaillent à la radio – une race à part, des chiens de berger tout dévoués à leur métier, qui dorment le jour, parlent le soir ou le matin à l'aube ; ils vivent pour leur programme, leur pèlerinage, pas le temps de s'habiller ou de se maquiller, cette fois, il faut y aller, il faut enregistrer. Les petits jeunes aussi, qui travaillent de chez eux, pour des sites en ligne, des blogs, des comptes Instagram. Ils ont l'œil vif, l'âge des grands enthousiasmes, ils refusent de faire comme les aboyeurs ou les chiens de montagne au harnais désuet, ils sont libres – une nouvelle race comme des labradoodles ou des cockapoos –, ils veulent qu'on les regarde, ils ont d'autres voix à clamer sur les toits. Et puis, il y a aussi les spécimens des magazines féminins. Toujours élégants, des spitz bien habillés, toilettés à la japonaise, le minois toujours parfait, de l'allure, de la poésie aussi dans le regard. Je fais peut-être dans le cliché, mais je prends exemple sur les hommes à force de les écouter.

Par la fenêtre, je regarde le soleil décliner ; toute l'équipe est rentrée. Il ne reste plus que mon maître et moi dans les grands bureaux et j'ai envie d'en profiter pour courir partout, tout visiter, fureter de la truffe chaque recoin, chaque odeur, comme si j'étais seul la nuit dans une grande animalerie. Une dernière dédicace, puis une autre. Encore trois. Mon maître en a terminé. Soulagé, essoufflé comme après une course sur son tapis, mon maître s'apprête à ranger ses stylos, à récupérer sa veste et ma laisse que je regarde d'un air suppliant pour aller prendre l'air, sauf que Jean est toujours là et qu'il s'approche de la grande table :

— Il reste les jurés de prix. Tu commences par les Académiciens. N'oublie pas d'écrire chaque fois leur titre. Puis le Femina. Le Goncourt, bien sûr, c'est inévitable, l'Interallié si tu as envie, à voir pour le Flore et le Médicis. Mais ça va aller vite, une petite heure et t'es parti ! Tu sais que c'est important de signer pour les prix d'automne.

C'est quoi ça encore, cette histoire de prix ? Une compétition ? Une loterie ? À coup sûr, un truc d'humains pour se regarder de haut. Une de leurs facéties dont ils ont le secret, comme lorsqu'ils nous font défiler dans des concours, et décident du meilleur et du plus raté.

Alors sur son bureau, mon maître reprend son stylo et las des hommes et de leur ego boursouflé, je pars me coucher sur le paillasson de l'entrée.

Entrée, plat, dessert

Ensuite les choses se sont corsées. Je sentais bien que pour mon maître, tout tournait de plus en plus autour du livre. J'avais l'impression qu'il me remplaçait, qu'il était comme un nouveau totem pour lui, son animal récemment adopté, son nouvel être préféré. Comme un parent qui tient à ne pas négliger son aîné (je regarde beaucoup d'émissions débiles sur le sujet), mon maître faisait attention à m'emmener partout où il allait. J'ai commencé à sortir beaucoup, à faire des déjeuners avec lui et Jeanne, cette attachée de presse grande et massive (elle doit mesurer au moins un mètre quatre-vingts), qui fait de l'escalade à haut niveau et qui parle avec la cadence piétinée d'un jack russel. Durant ces déjeuners, Jeanne était souvent pressée. Elle mangeait vite ; elle commandait toujours une petite touche sucrée qu'elle dépenserait le soir dans ses cours intenses de Pilates. Elle expliquait chaque fois à mon maître ce qu'elle comptait faire au sujet du livre : quelles rédactions elle visait, quelles télés, quelles radios... L'attachée de presse avait une voix enrouée, on sentait qu'elle avait été malade les jours passés, ou alors peut-être fumait-elle – ça c'est encore une de ces manies d'humains que je n'ai jamais su expliquer.

À mon grand malheur, les déjeuners avec Jeanne duraient moins longtemps que les repas avec Jean, où chaque fois ça s'éternisait, mon maître et lui allant de confidence en confidence. Ils parlaient du livre puis plus vraiment ; ils racontaient leurs vies devant des assiettes vides depuis longtemps. Jeanne, elle, allait vite. Elle prenait des salades et jamais de vin, mais chaque fois qu'ils en étaient au dessert, les yeux de Jeanne s'écarquillaient et elle passait ses doigts dans ses cheveux foncés. Jeanne aimait à ce point les tartes meringuées, les crèmes brûlées, les îles flottantes, les éclairs pralinés, et qui peut l'en blâmer ?

Après ces déjeuners, il y a eu ceux avec les journalistes et je me demandais finalement si la vie d'un romancier n'était pas qu'une suite de repas à n'en plus finir. Mon maître, qui aime autant manger que moi, ne s'en plaignait jamais et à chaque rendez-vous fixé, il s'arrangeait pour vérifier les avis des autres clients sur Internet. Les déjeuners avec les journalistes étaient une sacrée affaire. Les bonjours étaient plus enthousiastes, les poignées de main plus emportées, chacun devisait en se jugeant derrière son verre à pied. Tous ces reporters étaient exactement ce que j'avais imaginé d'eux. De l'allure, du verbe, de la posture autant qu'un bon coup de fourchette – les journalistes commandaient souvent des entrées bizarres comme des escargots gris et baveux que j'aurais écartés de ma gamelle avec morgue.

Tous les déjeuners se passaient de la même façon. Les journalistes dégustaient leur repas en posant des questions, plus ou moins les mêmes, à quelques exceptions et mon maître expliquait son récit tandis que, sur le coin de la table, les journalistes rédigeaient les réponses sur des petits cahiers tachés de traces de café ou alors ils les enregistraient. Ils posaient leur téléphone sous le menton de mon maître, près de son assiette garnie d'une joue de bœuf à l'odeur maléfique, et mon maître n'avait plus qu'à raconter son livre, et encore une fois, j'étais bien incapable d'écouter ce qu'il disait. Je ne retenais aucun détail de l'histoire ou de ses personnages, bien trop occupé à enregistrer dans ma boîte mentale ce bœuf tendre et insensé.

Les lendemains, voyant mon maître se préparer, j'imaginais qu'il allait remettre le couvert et se mettre de nouveau à table pour commander une côtelette et boire un godet. Ce matin, ça n'a pas manqué, le pantalon venait d'être repassé, les chaussettes déposées sur la courtepointe du lit. Je visualisais d'ici le repas de chef, garni de couleurs et de matières, et ces regards suppliants dont j'avais le secret et qui me vaudraient en fin de cortège un bout de viande juteux. Mais ce jour-là, mon maître ne s'est pas rendu dans un restaurant mais dans une maison bourgeoise qui ressemblait à un musée.

À l'entrée, il y avait des jeunes garçons en smoking et des jeunes filles en minijupe qui prenaient les vestes et les déposaient sur des cintres. L'un d'eux nous accompagnait dans une série interminable d'escaliers et, au bord du vide, je frôlais de près mon maître. Il faut dire que j'ai un sens prononcé du vertige autant qu'une peur bleue des espaces ouverts ou des escaliers mécaniques (mon astuce est simple : je freine pattes en avant et me fige devant la foule pressée).

À l'étage, une foule se formait, des gens bien habillés les uns contre les autres, tenus entre eux comme s'ils se confiaient à l'oreille des confidences ou des secrets. La plupart tenaient un verre à la main et semblaient s'y accrocher comme s'ils s'agrippaient à une béquille. Des chaises dorées aux coussins rouges étaient disposées sur la longueur d'une grande salle aux moulures et aux grands miroirs dignes d'un vieux roi à frange. Tout au bout, une estrade avec un pupitre que mon maître lorgnait de temps à autre ; j'ignorais que quelques minutes plus tard il serait derrière ce pupitre à parler.

Dans la grande pièce aux courants d'air chaud, j'ai retrouvé les visages connus de la maison d'édition, les directeurs, les éditeurs, l'attachée de presse aux jambes musclées, les deux stagiaires (je crois que ça veut dire jeune et mal payé) et tous étaient affairés autour de mon maître. On lui proposait de prendre son sac, de s'asseoir, d'aller lui chercher un verre d'eau ou de champagne (c'est comme de la bière mais c'est servi dans des verres plus étroits et de fait, il y en a moins dedans ! Quelle arnaque !) Mon maître refusait chaque proposition. Je voyais bien qu'il était concentré. Il jetait de temps à autre des coups d'œil aux personnes derrière lui. Certains venaient le saluer et disaient : « J'ai adoré votre précédent livre », « Je l'ai beaucoup défendu », on lui avait écrit un beau coup de cœur », « On en avait même fait un post Insta, vous l'aviez vu ? » Mon maître remerciait chacun en souriant.

Jean, qui aime tant me câliner, a ensuite pris place sur l'estrade. Son équipe l'a suivi et s'est assise sur un banc à côté, comme des chiens bien éduqués, et naturellement, tous les gens autour se sont assis, dociles, sur les chaises aux coussins rouges. Dans leurs mains, ils tenaient des brochures avec des mots étranges dessus mais parfois j'identifiais le visage de mon maître sur l'une des pages. C'était, je crois, la fameuse photo prise avec la star photographe.

Quand Jean a commencé à parler, j'ai failli m'endormir. Ses mots étaient étranges. Littérature indicible, littérature innommable, littérature intime. Beaucoup de mots comme ça que je n'avais jamais croisés jusque-là, à part celui-là qu'il répétait dès qu'il en avait l'occase : rentrée littéraire. Y avait dans chacune de ses phrases ces mots-là. Rentrée littéraire par-ci, rentrée littéraire par-là, et tour à tour, Jean disait qu'il était fier d'une rentrée pareille dans sa maison d'édition, que c'était une belle rentrée, un beau cru, avec des textes forts et engagés, pour un automne d'excellence. Pendant qu'il parlait, Jean saluait le premier rang près duquel j'étais couché : cet auteur aux tempes grisonnantes dont il disait qu'il faisait son entrée fracassante en littérature (perso dans la salle je ne voyais rien de cassé) ; puis une autre qui ne parlait pas la même langue et dont il saluait l'érudition et la réputation ; ensuite une jeune étudiante qui, à vingt-trois ans, signait aussi son premier roman ; enfin mon maître, dont il disait, d'une voix exclamée qui me rappelait celle de mon maître quand il m'invitait à la promenade, quelle maturité, un voyage, une ode à la fraternité, une enquête vertigineuse, et étrangement je repensais immédiatement aux escalators et à ma peur de finir broyé.

Les quatre auteurs ont été appelés par leur nom et, chacun leur tour, ont grimpé sur l'estrade derrière le pupitre étroit surmonté d'un micro noir. Une journaliste, encore une, que je n'avais pas rencontrée autour d'un plat d'escargots, leur a posé des questions. Elle avait le même entrain dans la voix que Jean. Ses mots étaient sensiblement les mêmes ; ils se terminaient tous par des louanges ou des exclamations, à croire que les humains aiment autant se pâmer que leurs petites bêtes.

Mon maître est passé en dernier. Il n'était pas spécialement stressé. Son front ne ruisselait pas de transpiration, contrairement à cet auteur dont la journaliste disait qu'il était un jeune auteur prometteur, une nouvelle plume, un jeune et joli talent, et je ne voyais pas ce qu'il y avait de jeune en lui car sur lui tout était gris. Mon maître a pris la parole. Sa voix était différente de d'habitude. Il cherchait ses mots qui n'étaient pas ceux du quotidien, sa voix s'aggravait, allait vite, parfois ralentissait comme pour ménager un effet, et j'étais à ce point bercé par la voix nouvelle de mon maître que je ne l'ai pas écouté.

Dans la salle, le public prenait des notes. J'entendais des frémissements comme des rumeurs. « Ah oui, c'est un sujet rare, un vrai sujet, j'ai hâte ! » Certains se parlaient à voix basse tandis que mon maître était tourné vers la journaliste. Il regardait surtout dans le vide, vers le bas et peut-être qu'il me cherchait du regard. Je dis peut-être mais j'en suis sûr moi.

Chaque discussion avec la journaliste était ponctuée de mots farfelus : merveilleux, incroyable, passionnant. Et plus ça s'éternisait, moins je voyais ce qu'il y avait de passionnant là-dedans. Quand mon maître a terminé ses réponses, il s'est adressé à la salle. Il a dit qu'il remerciait les libraires d'être là depuis toutes ces années. Les libraires, eurêka, voilà ce qu'ils étaient.

À part Françoise, Delphine et leur chien Faulkner, je ne connaissais pas les libraires. Et face à tous ceux-là dans la salle, une question a commencé à me tarauder.

Quand est-ce qu'on irait enfin déjeuner avec les libraires ?

Voilà l'été

Le livre de mon maître est prêt et toute sa garde-robe a changé. Il troque ses larges pantalons contre une version courte qui lui arrive aux genoux, ses pulls duveteux contre des habits sans manches, des tee-shirts, des chemisettes, et c'est vrai qu'il fait chaud d'un coup. Voilà l'été !

L'été, je halète et je perds mes poils comme un oiseau déplumé. C'est de saison comme dirait mon maître. Je laisse mes poils partout derrière moi, sur les accoudoirs du canapé, dans ma niche, sur le parquet. Je vois bien que ça fait enrager mon romancier qui redouble le ménage pour se débarrasser de tous ces poils qui tombent comme les feuilles à mon arrivée l'hiver dernier.

Un jour sur deux, mon maître ouvre un placard dans l'entrée. Il se munit d'un engin bizarre avec une longue trompe, un coffre lourd qui résonne quand mon maître branche son câble au mur, et moi, ce câble noir, c'est ce que je préfère. Quand mon maître finit de faire disparaître mes poils en faisant glisser l'engin dans chaque recoin et qu'il appuie enfin sur le bouton central, la gronde du coffre cesse et, par magie, le câble noir se retire frénétiquement à l'intérieur du coffre ; chaque fois je m'amuse à l'intercepter. Mais un jour las d'y consacrer toutes ses matinées, mon maître a investi dans un engin plus petit, rond comme une soucoupe, qui se balade seul dans tout l'appartement. Au début j'étais méfiant ; on aurait dit un animal sans tête, une espèce d'alien méchant. Je restais aux aguets chaque fois qu'il apparaissait dans une pièce et de ses petites pattes venait récupérer la poussière au sol. Avec le temps, j'ai compris qu'il ne me voulait aucun mal, alors j'ai lâché prise. Maintenant d'un œil indifférent, je le regarde faire ses rituels de travailleur. Le robot passe sous ma truffe, je le vois bosser, passer et repasser dans chaque coin de la maison comme un domestique attitré et je n'ai plus peur. Face à lui je suis plein de courage. Faut dire que quand il est là, je me poste toujours sur l'un des bras du canapé où il ne peut pas venir me chercher.

37,2 °C

Plus les jours passent, plus il fait chaud. Il fait chaud partout, dehors le goudron me brûle les coussinets. Il fait chaud dans l'appartement, sur le lit, dans le canapé. Mon maître a beau ouvrir la porte-fenêtre du salon, j'ai l'impression d'étouffer. Matin et soir, je halète comme un vieux chien fatigué. Mon maître ne m'a jamais vu comme ça. On dirait que je souris, commente-t-il. Il dit aussi que je ressemble au Joker, mais je ne comprends pas la référence.

Mon maître se demande si c'est normal que je halète ainsi. Grâce aux explications de la vétérinaire, mon maître comprend que nous, les carlins, ne pouvons pas refroidir l'air que nous respirons. À cause de notre nez plat, nous sommes incapables de réguler l'air.

« Votre carlin est l'exemple parfait d'une race qui souffre du syndrome brachycéphale. Sa tête est large mais de taille minuscule, c'est la raison pour laquelle les carlins ont souvent une apparence spongieuse. »

L'apparence d'une éponge ? Moi qui commençais à m'attacher à cette dame.

« Le nez de votre chien est plus enfoncé que celui des autres chiens et cela peut entraîner des problèmes respiratoires, car la structure faciale rend difficile la prise de longues et profondes respirations. C'est pourquoi vous entendez parfois votre chien courir et renifler dans le même temps. Il faut toujours les ménager en cas de grosse chaleur, ou les opérer mais on peut en reparler à la rentrée. »

Désormais, mon maître ne me promène que le matin très tôt et le soir très tard. Quand le soleil a depuis longtemps disparu. Parfois il m'emmène au lac à deux kilomètres de la maison. Pour m'éviter de faire la route, il me place dans un grand sac acheté pour l'occasion à l'intérieur duquel, dans le dos de mon maître, derrière un filet, je vois le monde défiler. Arrivé près du lac, mon maître cherche à me faire aller dans l'eau. Et non merci, ça ne me tente pas. Parfois il se trempe les mains et me mouille à mon tour, au niveau des pattes et du ventre. Je déteste quand il fait ça.

La nuit, c'est pire. J'ai l'impression qu'on m'a enfermé dans un minuscule tonneau pour animaux comme dans l'un de ces reportages affreux à la télé sur les trafics de chiens de l'Est (je ne suis jamais allé à l'est ni en Alsace, et du coup, je n'en ai plus très envie). Mon maître a beau ouvrir les fenêtres pour laisser entrer un peu d'air, la chaleur reste intenable et plus les heures chaudes passent, plus je suis obligé de me réfugier au sol, sur le parquet, contre le mur, comme un toutou délaissé. Ce que je déteste le plus l'été, c'est être obligé de me tenir éloigné de mon maître.

La nuit, j'entends des *chut* en provenance du lit. Mon maître me dit de me taire et je ne comprends pas. Je n'ai rien fait à part dormir contre les pierres. Mais les *chut* reviennent. « Chut, Italique, chut ! Chut, tais-toi. » Mon maître me dit de me taire et c'est ironique ; lui qui a passé les six derniers mois à me réveiller constamment avec les bruits de son clavier et les idées de son esprit insomniaque de romancier. Puis mon maître finit par dire : « Tu ronfles, Italique ! »

Je ronfle ?

De sieste en sieste, je finis par comprendre. Mon ronflement, c'est cette musique qui sort de mes narines endormies. Moi j'aime bien ce son, en vérité. C'est comme une berceuse, un air qui me fait dire que je dors tranquillement et que tant que je dors, le monde peut aller à sa perte. Sauf que lui n'aime pas cette musique. Mon maître dit qu'on dirait une machine détraquée. Plus bruyante qu'une tondeuse à gazon. C'est vexant à la longue.

Une nuit, parce qu'il faisait trop chaud et que mes ronflements étaient aussi nuisibles que ces moustiques tigres qui voletaient au-dessus de nous, mon maître s'est mis en tête de connaître le volume sonore de mes ronflements. À titre de référence, lisait mon maître sur Internet, chuchoter est d'environ 15 décibels. Parler est d'environ 60 dB, une tondeuse à gazon est d'environ 90 dB. Un concert est d'environ 120 dB. Selon ces études, nous atteignons jusqu'à 96 dB durant le sommeil ! Le regard sur moi, mon maître était ravi. Il venait de prouver mon boucan chaque nuit.

Plus mon maître peinait à dormir, plus il se mettait à recenser des anecdotes sur ma race.

« Les carlins sont appelés "ombres" car ils veulent accompagner leurs maîtres autant que possible, en quête d'affection et d'attention. »

« En général, les carlins dorment de douze à quatorze heures par jour. » Je dirais même que c'est le minimum.

Matin et soir, dans notre appartement enveloppé de canicule, mon maître faisait désormais la lecture de ses découvertes.

« Les carlins tiennent le nom de leur race des singes marmousets, aussi appelés ouistitis. En effet, les ouistitis appelés carlins étaient gardés comme animaux de compagnie au début du XVIIIe siècle, notamment auprès du roi Charles VI. Le nom a fait le saut vers le chien parce que les deux animaux partageaient des caractéristiques faciales similaires. » Et puis quoi encore ? Mes pattes viennent du cochon et ma queue du sanglier ?

« La queue parfaite du carlin a deux boucles qui s'incurvent vers le haut de leur corps. Selon l'American Kennel Club, “la double boucle si elle s'enroule sur la hanche est la perfection”. »

« Les carlins ont tendance à se lasser des tâches répétitives. Ils ont aussi tendance à être rebelles ou à se laisser distraire facilement. » Je ne vais pas mentir : c'est vrai.

« Snookie est le plus vieux chien carlin du monde. Il a vécu environ vingt-sept ans. »

« Les carlins ont généralement un pelage noir ou fauve. Parfois ils arborent un pelage abricot, blanc ou argenté. Mais environ cent carlins dans le monde n'ont pas de couleur. Il s'agit de carlins albinos avec des yeux clairs et un nez rose. » Les pauvres.

« Les carlins ont deux formes d'oreilles différentes. L'une est appelée rose, et l'autre bouton. Les oreilles en rose sont plus petites que les oreilles en bouton. Les carlins à oreilles en bouton sont préférés pour la reproduction. »

« Les carlins sont connus pour leur loyauté, leur affection et leur espièglerie. Ils ont souvent une personnalité plus grande que leur nature. C'est pour cette raison que l'expression *multum in parvo* est utilisée à propos de cette race. Cette expression latine signifie "beaucoup de chien dans un petit espace" et résume les nombreux aspects charmants de la personnalité du carlin. »

Quand je disais que j'étais un chien génial.

Avis de passage

Le livre de mon maître vient de paraître. On l'a reçu un matin dans un carton délivré spécialement par un coursier – c'est comme un facteur, sauf qu'il fait du porte-à-porte et n'a pas de vélo jaune. Dans le paquet, il y avait trente bouquins et je me suis demandé pourquoi mon maître avait besoin de recevoir autant de livres. Peut-être qu'il fait collection ou qu'en douce il les revend chez le bouquiniste.

Mon maître a ouvert le carton à coups de ciseaux. Il s'est dépêché de jeter au sol le papier bulle, dans lequel je me suis empressé de mettre mes coussinets, puis il a pris un exemplaire au hasard et l'a longuement regardé. Ça m'a fait penser à notre rencontre, quand pour la première fois mon maître me tendait les bras. À l'abri des regards, il s'est laissé s'émouvoir. Il souriait devant son livre comme si ce tas de feuilles lui parlait. Il a commencé à le feuilleter, à relire des passages en s'installant dans le grand fauteuil pastel près de la fenêtre, dans lequel je me vautre pour choper les derniers rayons du soleil.

Mon maître relisait des morceaux choisis et plus rien d'autre n'existait. J'avais beau faire les yeux doux depuis le parquet, aucun air apitoyé ne fonctionnait. Il était happé, tout entier investi dans son histoire, il revoyait certains de ses personnages, repensait à ses journées lorsqu'il écrivait. Minute après minute, mon maître passait de page en page. Il allait vite sur un passage puis ralentissait et qu'est-ce qu'il se disait ? « Bon travail, quel talent » ? Ou « peut mieux faire, mal écrit, trop approximatif » ?

Quelques instants plus tard – qui m'ont paru interminables –, c'était l'heure de ma promenade, mon maître a refermé son livre. Il l'a rangé sur une étagère au milieu du salon. Une étagère qui n'abrite que ceux de mon maître, et heureusement que je n'ai pas la capacité de lire parce que ça commence à en faire du monde sur cette planche.

Dans l'entrée, attendaient les vingt-neuf autres livres de mon maître. Il ne savait pas du tout où les mettre. Les placards dans la chambre étaient déjà remplis des précédents livres, des petits, des grands, des rouges, des verts, des blancs, un vrai monde là-dedans, tandis que les placards de l'entrée contenaient mes affaires personnelles, mes shampoings, mes friandises, mon sac de voyage, mon tapis de refroidissement, mon collier que je ne mets jamais, mon carnet de santé, mes médicaments et tous les jouets avec lesquels je ne joue jamais. Et ces placards sont à moi. Hors de question de faire de la place.

Mon maître n'a même pas essayé de faire du tri dans mes affaires ou de faire cohabiter ses bouquins avec mes balles. Il a cherché d'autres endroits pour stocker ses livres. Dans le placard au-dessus de ses chaussures, il a jeté de vieilles chemises, des papiers administratifs qui prenaient la poussière depuis une décennie, déplacé ses deux coussins de voyage, un vieux ventilateur, des chaussures de randonnée, pour entreposer ses nouveaux livres qu'il n'ouvrirait jamais. L'emménagement a pris une heure, c'était laborieux. En le voyant faire, je me suis dit que mon maître devrait songer à cesser d'écrire. Sinon, à ce rythme, on allait vivre dans un dépotoir de livres.

Canard, Figaro, Télérama

Depuis que le livre de mon maître est en vente, quelque chose se modifie chez lui. Préoccupé, il passe son temps à écrire à Jean ou Jeanne, qui, depuis la fin de l'été, se charge d'appeler Tout-Paris (ça fait beaucoup d'appels vu la taille de la ville).

La plupart du temps, mon maître prend des nouvelles du livre au cours de nos promenades. Moi qui tente de me changer les idées de flaque en flaque, je dois maintenant vivre avec les appels téléphoniques et les bruits parasites. Mon maître est nerveux depuis la sortie. Il guette un article de presse comme je peux guetter l'arrivée imminente d'un Crunchy Pumpkin – c'est terriblement bon. Quand le nom de Jeanne apparaît sur son téléphone, mon maître est toujours content. Son visage s'illumine, change du tout au tout. Il s'imagine les meilleures nouvelles du monde. Un article d'un grand quotidien, un plateau télé, une interview. Parfois, son air se fronce aussitôt. Jeanne finit par confier : « Bonne nouvelle ! Tu es dispo pour une interview avec une radio associative de Tours ? » D'une voix abattue, il répond oui et sa journée est foutue (et donc la mienne aussi).

Jeanne a une voix énergique, une voix d'escaladeuse qui grimpe les sommets, et dès que je l'entends, je visualise les plus grands massifs. Jeanne a des pistes pour de grands médias. Elle est confiante. Elle parle de presse digitale, de médias dans le vent. De presse de droite et de presse de gauche – ça dépend de comment on tient le stylo ? Je n'en sais rien, je ne fais que répéter ce que j'entends mais je comprends une chose : sans la presse, il est difficile qu'un livre sorte de la mêlée.

À force d'évoquer ces journalistes, je les imagine comme des copains de promenade. Les chihuahuas avec leurs séries d'accessoires. Les griffons grands reporters avec leurs vestes en velours côtelé et leurs cigares. Les dogues qui répètent que c'était mieux avant. Les shibas fiers d'eux qui préparent des vidéos à clic sur les réseaux sociaux. Les corgis à la patate chaude, qui en connaissent un rayon niveau mondanités. Les boxers pantouflards dans leurs émissions historiques ou les teckels en forme qui pigent sur tout et n'importe quoi afin de survivre dans ce monde hostile.

Faut dire que leurs noms s'y prêtent aussi. *Marianne*, *Figaro*, *Glamour*, *Canard*. Quand Jeanne les cite, je ne peux pas m'empêcher d'entendre le nom de mes potes de castagne. *Brut*, *Express*, *Grazia*. C'est troublant. On dirait le nom de tous ceux avec qui je fais des roulades en haute voltige, chaque dimanche, dans les herbes grasses des Buttes Chaumont. Allez, viens Figaro, on remet ça. Foutons la pâtée à notre copine Télérama.

Le soir, la distraction de mon maître finit par l'ensevelir et pour se faire pardonner d'être ailleurs, mon maître m'offre un bois de cerf. Dans ma petite gueule, je le trimballe partout mais le bois est si grand que j'ai du mal à passer les portes. Pendant une heure, je le ronge comme un ragondin et j'en oublie ces histoires de papiers qui permettent aux livres de circuler. Je mâche, je mâche. Mon maître me regarde faire, et me dit : « C'est bon hein ? » Est-ce que je commente ses plats, moi ? « Le bois de cerf est bon pour la croissance, pour l'hygiène dentaire, pour la prévention de l'obésité », dit-il. Il y a du calcium, du phosphore, du zinc, de la glucosamine et d'autres minéraux que mon maître récite à voix haute pour montrer qu'il s'occupe bien de son animal. Moi je me fiche de savoir ce qu'il y a dans ce bois ; j'aime juste le dévorer. Je me prends pour un molosse, un caïd des forêts qui n'a besoin d'aucun média pour exister.

Miroir, miroir

Comme mon romancier, j'observe ce qui m'entoure. Avec les promenades s'accumulant, je me rends compte d'une chose : les chiens ressemblent toujours à leur maître. J'ai commencé à y penser en rencontrant le lévrier levretté, ce chien bon chic bon genre de Saint-Germain, qui avait la même allure que sa maîtresse à la jupe crayon et au chemisier de soie.

Tous les chiens dont je viens renifler les parties ressemblent à leurs maîtres. C'est frappant. J'en veux pour preuve ce monsieur roux et son spinone italien (roux et grisonnant sur les tempes). Le petit garçon avec ses épis dans les cheveux, qui promène Pantin, son schnoodle aux poils hirsutes. Ce voisin bizarre au troisième avec ses yeux vairons comme son husky sibérien. Le vieux monsieur qui tient un magasin de matelas, avec sa mâchoire carrée aussi carrée que John, son bulldog anglais. Les longs cheveux broussailleux de la fromagère comme la longue robe pleine de nœuds de son komondor. La grand-mère de la rue Verdier et son bichon frisé. Le musicien rock qui vit dans le bâtiment C avec son perfecto de cuir, sa coupe banane, sa petite barbe comme celle d'Elvis, son schnauzer laqué. La jeune métisse à dreadlocks qui promène son puli après le boulot ou l'homme bodybuildé qui va à la salle et promène à minuit son bull-terrier tout aussi musclé. Et comment ne pas citer Ratata, ce chien chinois à crête qui a les mêmes couettes blondes que cette femme bizarre qui fait la manche dans la rue ?

À force de promenades, mon écrivain s'est rendu compte de ces similitudes. À voix haute, il se demande : « Est-ce une loi sociale ? Un sortilège ? Finit-on forcément par ressembler à son maître, à son chien ? » Selon la vétérinaire qui venait de m'ausculter pour un bouton sur le menton, cette ressemblance est surtout logique.

« Il suffit de voir comment on est attiré par ce qui nous est familier, non ? Regardez, vous par exemple, vous appréciez la tranquillité, vous aimez rester chez vous à écrire, tout comme votre pug casanier. Et puis, dit-elle, un chien avec des traits physiques communs aux nôtres nous donne l'impression qu'il fait déjà partie de la famille. Cette ressemblance met automatiquement en confiance. »

Selon elle, les ressemblances entre les chiens et les humains sont surtout psychologiques.

« Les traits de caractère et les années passées ensemble établissent une influence. Quand vous dressez votre chien, vous lui transmettez certains comportements. Et votre chien vous observe aussi. Il apprend, enregistre vos humeurs, vos préférences, vos peurs, à votre insu… Avec le temps, il finit par les partager et par avoir des réactions similaires aux vôtres. De la même façon, un chien a lui aussi son tempérament, ses peurs et ses angoisses et il vous transmet une partie de sa personnalité. C'est une influence mutuelle et je le vois souvent grâce à mon métier : un maître ayant quelques difficultés à s'ouvrir aux autres sera influencé de manière positive par un chien très sociable ou bien l'inverse, un chien très calme chez un maître anxieux peut devenir à son tour très nerveux. Nos chiens permettent de combler nos lacunes, à travers les idées reçues qu'on a sur leur race, et je connais bon nombre de clients fragiles et introvertis qui, inconsciemment, se sont dirigés vers des races de chien réputées protectrices. »

Au cours de ses études, la vétérinaire avait participé à une recherche réalisée sur 389 maîtres et 518 chiens pour tenter de savoir dans quelle mesure les maîtres correspondaient psychologiquement à leurs chiens. Chaque maître avait répondu à un questionnaire permettant d'établir son profil selon plusieurs critères psychologiques. Ensuite ils ont rempli un autre questionnaire évaluant la personnalité de leur chien. Les résultats montrent que tous les critères psychologiques sont identiques entre un chien et son maître.

En écoutant la vétérinaire, mon maître restait pourtant perplexe. Comment être sûr que ce ne sont pas tout simplement les maîtres qui projettent leur personnalité sur leurs chiens ? Assise devant son ordinateur (alors que j'attendais urgemment une friandise), la vétérinaire a répondu que, pour en avoir le cœur net, les scientifiques avaient fait appel à l'entourage des maîtres pour qu'ils évaluent à leur tour l'animal.

« Les résultats montraient que la plupart des critères psychologiques restaient communs au chien et au maître. »

Dans le cabinet, mon maître souriait. Il se demandait si nous deux avions nous aussi la même personnalité. Et la véto disait :

« Ce n'est pas une science exacte, mais au moment d'adopter notre chien, nous nous dirigeons tous, consciemment ou inconsciemment, vers un animal ayant des traits de personnalité communs aux nôtres, alors il est fort possible qu'Italique vous ressemble. On appelle ça les chiens miroirs. Parce qu'ils sont le reflet de ce que nous sommes. Ils nous donnent un cachet, offrent une vision de nous. Il suffit de regarder les chiens de tous les présidents de la République ou ceux des célébrités adorées du monde entier. Les chiens renforcent notre image, participent à notre identité. »

Et ce jour-là, mon maître et moi étions partis du cabinet en nous regardant comme deux faces d'une même médaille.

Les salons sans fauteuil ni télé

C'était un jeudi. Mon maître venait de dîner et j'attendais ma pitance. Je pensais naïvement qu'on allait passer une soirée sans histoires mais mon maître est allé récupérer sa valise sur le haut d'une armoire. Dès que je la vois, c'est la même histoire : je panique. La valise me dit que mon maître va partir, qu'il va me laisser derrière lui, comme ce week-end de mariage au printemps dernier. Cette fois, j'ai eu de la chance. Mon maître comptait m'emmener. Et alors que l'été s'achevait, j'allais assister à l'ouverture de la saison des salons du livre.

À vrai dire, je n'imaginais pas grand-chose des salons du livre. Bêtement, je m'attendais à y voir une grande pièce composée de pavés, mais surtout de fauteuils douillets, d'un canapé dodu et d'un écran plat télévisé devant lequel j'aime habituellement me poser pour guetter un bruit d'oiseau ou un chien figurant de film pour pouvoir aboyer de tout mon soûl.

Manque de chance pour moi, le salon que je m'apprêtais pour la première fois à visiter n'avait rien d'un salon ordinaire. C'était un endroit dehors, banalement coincé entre des magasins, des enseignes de vêtements, des brasseries ou autres pharmacies, localisé généralement sur une grande place piétonne depuis laquelle des tentes étaient formées pour l'occasion et à l'intérieur desquelles des milliers de livres attendaient leurs lecteurs. Derrière ces piles, on guettait surtout les auteurs, dont mon maître, de vendredi midi à dimanche soir, en vertu d'un programme officiel qui listait les heures de présence des invités, sous un grand barnum blanc.

La valise, lui et moi sommes arrivés le vendredi midi, par le train des auteurs. Un train exclusivement peuplé d'écrivains qui se croisaient dans les couloirs, s'amusaient, s'attrapaient par l'épaule et s'exclamaient : « Oh, mais bonjour, ça va ? », « Et toi, ça marche ce nouveau livre ? », « T'es content de ton éditeur ? », « Tu viens aussi à Brive ou au Mans ? », « De toute façon, on aura le temps de reparler à l'hôtel ou sur le stand ! », « Tu es où ?

Moi, je suis chez Librairie Sophocle. Ils sont vraiment trop sympas ! »

Parmi tous ces manteaux qui visiblement étaient ravis de se taper sur la manche, j'étais là, invisible, petit point banal sur la moquette sale du train, à attendre que mon maître s'asseye enfin à sa place et me fasse l'aumône de quelques caresses. Deux heures et quelques étreintes plus tard, on accueillait sur le quai mon maître et les autres avec attention tandis que derrière un kiosque, sous de grands panneaux d'affichage, une femme avec une casquette rose, visiblement très excitée par le début des festivités, distribuait des plans de la ville, des pochettes et tout un tas de trucs comme des magnets, des gourdes avec des logos de la ville dessus et un collier rouge pour chaque auteur, et qui m'a beaucoup étonné. Dans les salons, les romanciers étaient-ils tenus en laisse ?

Je ne sais pas si mon maître aimait ou non les salons mais sur place il agissait comme un bon labrador dressé par le *pater familias*. Il respectait les consignes, déposait la valise à l'accueil, saluait les libraires et les remerciait pour l'invitation, s'installait, sans même penser à déjeuner, derrière des collines de livres, le stylo sorti sur la table pour, je me le demandais, faire des dessins ou bien remplir des sudokus comme la grand-mère de la série télé. Il allait surtout signer des livres comme il le faisait en librairie.

Sous sa chaise, je restais sagement assis, frustré. J'imaginais pouvoir me reposer dans un coin au chaud, et déguster une gamelle de friandises. Sauf que non. Les salons étaient de ces endroits saturés de bruits et de courants d'air, où le parquet flottait, bougeait et formait comme des bulles d'air à chaque ronde de jambes, au point où, lorsque mon maître dégainait le stylo et ouvrait l'un de ses livres à une visiteuse qui passait par là, son écriture se mettait à dérailler et mon ventre vibrait comme dans un caddie de supermarché.

Plus les visiteurs passaient, plus le sol gondolait. Et plus j'étais d'une humeur de dogue. Parfois, je passais une oreille ou deux sous la nappe. Les gens voyaient ma bobine parmi les tréteaux dépliés, la gueule qui bâillait aux corneilles, mes pattes tendues vers l'avant, comme pour supplier un jeu ou un peu d'attention. Avec gentillesse, certains s'agenouillaient, me regardaient, me parlaient, tendaient leurs mains sous ma truffe pour me dire qu'ils aimeraient bien me caresser et allez-y jeunes gens ! Parfois, sans demander mon accord, d'autres frottaient leurs paumes sèches sur ma caboche, comme si je n'étais qu'une peluche bonne à frictionner façon gant de toilette. Ceux-là sont les pires et j'aime ensuite les battre froid en détournant le regard loin d'eux, comme si de rien n'était.

Sous la chaise de mon maître, j'écoutais les discussions entre ses lecteurs et lui. Certains avaient lu tel livre ou tel autre, ils avaient adoré ce personnage-ci, cette histoire-là, et je trouvais courageux qu'ils viennent comme ça se confier à quelqu'un dont ils appréciaient le travail. D'autres lui disaient : « Je ne vous ai jamais lu, j'hésite sur le premier livre à lire de vous », et chaque fois mon maître bafouillait longuement, comme s'il était bien incapable de décrire ses histoires. Parfois, les gens s'arrêtaient par hasard, et parfois grâce à moi. Ils s'exclamaient : « Qu'il est mignon ce petit chien ! », et mon maître, bien plus naturellement, commençait à raconter ma vie, mon âge, mon poids, mes habitudes alimentaires et mes idiosyncrasies – c'est un mot que mon maître aime bien, je cherche à lui faire plaisir.

En conversant, mon maître signait ses livres aux lecteurs intéressés et après leur passage, il grommelait qu'il n'était pas à l'aise ; il disait qu'il n'était pas vendeur de bracelets en macramé, comme certains de ces auteurs qui alpaguaient la foule par moult moyens. Au salon, certains lecteurs étaient attirés par une couverture ou bien un titre, comme cette fois où une dame, derrière de grandes lunettes, s'était pointée à quelques centimètres de moi et avait dit sans même un bonjour : « Je vais vous acheter *Tout savoir sur Nina* parce que ma fille aussi s'appelle Nina. » Mon maître l'avait accueillie avec chaleur mais avant de pouvoir répliquer, la dame avait enchaîné : « Et Nina vient de se suicider. » Mon maître était confus, je voyais sa gêne à ses pieds qui s'étaient brutalement collés l'un à l'autre. Puis il avait essayé de s'en sortir, bredouillant d'une voix presque éteinte : « Voulez-vous une dédicace ? Un petit mot ? » La dame, qui pleurait derrière ses lunettes opaques, avait répondu oui. Elle avait dit : « Alors écrivez un mot pour Nina. »

La plupart du temps, les rencontres étaient moins difficiles. Il y avait ces lecteurs avec qui mon maître blaguait, des visiteurs qu'il connaissait et retrouvait d'année en année ; il y avait aussi ces lectrices qui draguaient mon maître, lui laissaient des numéros ou des cartes de visite, le prenaient en photo à son insu, l'ajoutaient sur Twitter ou Instagram – ne me demandez pas de définir ces endroits. Sans oublier ceux qui demandaient à mon maître l'emplacement des toilettes, qui le prenaient pour un guide de salon littéraire : « Savez-vous si

Amélie Nothomb vient en fin d'après-midi ? Sinon vous pourriez me signer un de ses livres ? Du moment que j'ai une dédicace, cela me va. » Plus j'écoutais les gens parler, plus je me disais que les humains étaient une espèce bizarre.

À quelques heures de la fermeture du salon, ce jour-là, une femme était venue sur notre stand. Elle était épileptique. Elle avait montré à mon maître une petite carte qui disait quoi faire en cas de crise. À tout moment, mon maître craignait un incident. La femme était jeune, elle portait une robe rouge, elle avait une mèche de couleur dans les cheveux, un peu verdâtre, et des ongles peints en noir, comme son grand sac posé sur les livres. Mon maître et elle avaient discuté un petit moment. Enfin il l'avait surtout écoutée parce que ça se passait surtout comme ça dans les salons. Les lecteurs venaient saluer leurs auteurs préférés pour leur raconter une expérience, un passé, leur vie et que faire d'autre à part écouter ?

Après la discussion, la femme épileptique avait choisi d'acheter le dernier livre de mon maître. Elle fouillait dans son portefeuille, avait tendu sa carte bancaire au libraire placé derrière mon maître. Puis, hésitant d'abord, elle avait placé une pièce de deux euros sur les livres, sous les yeux de mon maître complètement ébaubi. « C'est pour vous, avait-elle dit. C'est pour vous remercier de cette discussion. » Mon maître a pris la pièce pour la rendre à la jeune fille aux ongles noirs. « C'est pas la peine, non, non, non. Merci mais non. » Mon maître bafouillait, souriait, tiquait en même temps.

« Non, non, non, répétait-il. On ne fait pas ça.

— On ne fait pas quoi ? Non j'y tiens, gardez-la.

— Vraiment c'est gentil, mais ce n'est pas la peine, je n'en ai pas besoin, gardez votre pièce. »

Le long de la table, une file d'attente regardait la scène, et la pièce de deux euros passait de main en main, de camp en camp, comme une balle de ping-pong. « Gardez votre argent, s'il vous plaît. Vous m'avez acheté un livre, c'est formidable. » Mais la jeune fille souriait, obstinée par sa bonne action. « Je sais que les auteurs touchent à peine deux euros par vente », avait-elle énoncé en agitant les mains.

En repartant, la jeune fille a jeté la pièce sur la table de mon maître, rictus aux lèvres comme pour dire : « C'est pour moi, profitez-en ! » Par honte, mon maître a regardé ailleurs de longues minutes. La pièce brillait devant lui comme un phare minuscule, abandonné au milieu de l'océan. Pour ne pas donner l'impression qu'il se ruait à empocher son magot, mon maître me prenait sur ses genoux, me caressait, me racontait des sottises dont il a le secret, et discrètement, au moment où plus personne ne regardait, il a fait glisser la pièce jusque dans son portefeuille entrouvert timidement sous la table.

Riz pas cuit et sac de farine

Le salon a duré trois jours et à chacune de ses journées sa peine. Le premier après-midi, les couloirs du salon étaient peuplés d'adolescents. On appelait ça les scolaires. Des jeunes avec de grosses baskets venaient voir mon maître, posaient des questions : « Pourquoi vous écrivez ? », « Combien d'argent vous gagnez ? », « Comment s'appellent vos romans ? » Si on me demande mon avis, ces questions n'avaient pas beaucoup d'intérêt mais mon maître répondait toujours poliment aux groupes d'adolescents avant de les regarder s'en aller sur un autre stand pour poser les mêmes questions à d'autres auteurs qui semblaient s'ennuyer fermement.

Le lendemain, il pleuvait. Le sol était glissant au point où mes pattes ripaient sur le parquet flottant et dans les couloirs, pas un chat à l'horizon, à l'exception de quelques couples de vieux qui regardaient les auteurs, leurs livres, les photos sur les livres pour voir si c'était bien eux. (Oui ça l'était ; sinon pourquoi s'embêteraient-ils à prendre racine sous une tente ?)

Une dame s'appelait Valérie. Elle était coiffeuse – c'est comme toiletteuse pour nous, mais en plus bavarde. Elle s'était arrêtée sur le stand de mon maître, elle avait commencé par prendre un premier livre, puis un deuxième. Et un autre qui affichait la trogne de mon maître devant un fond vert comme une forêt triste. La coiffeuse avait parlé de sa vie, son salon de coiffure appelé *AperiTif*, situé à quelques encablures d'ici, et tout à trac, elle avait dit à mon maître : « Oh c'est vous sur la photo ? Je ne vous avais pas du tout reconnu ! Faut dire que vous n'aviez pas tous ces cheveux blancs. » Mon maître avait ri ; du moins il avait fait semblant.

Le midi, les auteurs déjeunaient ensemble, munis d'un coupon fluo qui n'était pas vraiment de l'argent. Les auteurs ne choisissaient pas leur restaurant. Il y avait des listes de brasseries écrites sur des feuilles, chaque ticket fluorescent correspondait à un troquet, et niveau liberté, merci on pouvait repasser. Alors, en plein rush, tous les auteurs cherchaient à se trouver une place dans un groupe pour ne pas rester seuls. Ils allaient surtout là où on leur ordonnait d'aller, même si sur Internet on disait de certains restaurants : « AFFREUX » « À FUIR » « DÉGOÛTANT ». Avec sa meilleure amie, mon maître avait trouvé un endroit tellement abominable qu'ils étaient partis en courant, laissant derrière eux des assiettes pleines et une addition non réglée. Dans leur course effrénée, ils riaient comme des enfants voleurs et j'ai eu bien du mal à les suivre dans les ruelles du centre-ville.

À part mon maître, personne n'avait emmené son animal et je m'ennuyais fermement, trimballé de chaise de salon en chaise de restaurant, de chaise d'auditorium en chaise de brasserie qui n'en était pas vraiment une – plutôt une cantine pour étudiants qui prêtait ses locaux et ses plats aux équipes du salon. Les auteurs s'étaient tous longuement plaints du repas – du riz pas cuit, un merlu froid, une triste verrine.

La dernière journée, comme il pleuvait à tout rompre, peu de curieux se bousculaient au portillon. Les parapluies pliés s'approchaient timidement, postillonnaient leurs dernières gouttes de pluie sur les couvertures de livres avant de s'en aller. Dans le décor, mon maître regardait beaucoup sa montre. Il avait hâte de partir. Parfois il lisait et relisait le catalogue qui décrivait les activités du salon : lecture avec Bidule, rencontre avec Machin, dictée avec Truc – je ne savais pas ce qu'était une dictée mais je me suis dit que c'était probablement une activité d'humains tout juste conçue pour faire leurs intéressants.

Pour contrer l'ennui, mon maître lisait un livre d'un collègue, regardait son téléphone, consultait ses messages, ses réseaux sociaux, la météo ; évidemment demain il ferait beau. Puis un truc s'est passé. Au milieu du salon, un auteur qui avait fait de la politique signait des livres devant une longue file d'attente. Devant lui, une foule attendait, bavardait, jusqu'à ce qu'un homme à gros sac à dos se présente à lui. Il s'est approché, s'est penché vers l'avant, et s'est mis à verser un tas de farine sur la tête de l'écrivain. Il y en avait partout. Cela formait comme une fumée blanche tout autour de l'auteur. La foule était médusée de voir l'auteur recouvert de farine, son visage enseveli comme un clown. La pâte épaisse se mélangeait à la sueur et on n'apercevait plus que deux sourcils comme deux croissants à la place des yeux. L'homme qui avait fait ça s'est fait arrêter illico par le service de sécurité. Il criait des noms d'oiseaux que je ne connaissais pas et que j'aurais bien aimé me rappeler. Pour les fois prochaines, lorsque je me retrouverais en salon, en tête-à-tête avec l'austérité

Le train numéro 4774 arrivera voie 7

Tous les week-ends, mon maître est maintenant de salon. C'est devenu une sentence, une phrase automatique. « Je suis en salon. », « Ah non, désolé le 7, je ne peux pas, je suis en salon. » Depuis trois mois mon maître écume tous les salons du livre de France. Il ne voit plus ses amis, ses amours, ne fête plus aucun anniversaire, ne traîne plus en terrasse, ne va plus au cinéma, au restaurant ni au parc avec moi, à mon grand malheur, « parce qu'il est de salon ».

Quand il revient de ses manifestations, mon maître raconte. Besançon et ses jolies pierres bleutées. Nancy, sa place Stanislas et sa brasserie Goncourt. Saint-Étienne, Morges et son bord du lac, Le Mans et ses rillettes grasses, Toulon et puis Brive. Et quand la semaine recommence, mon maître rattrape le temps perdu. Il reprend le fil avec Jeanne et les interviews, écrit un début de texte, puis un autre et répond aux lecteurs qui le contactent sur les réseaux. Un peu embarrassé, mon maître se contente de leur laisser des mercis truffés d'émojis avant de se rendre à une interview télé. D'abord une à Issy, puis à Bruxelles et une autre dans le Sud, à quelques heures d'ici. Il se réfugie en loge maquillage ; une jeune fille lui met une serviette sur le col et à coups de crème marron, le badigeonne, comme il me badigeonne de shampoing après chaque promenade, en lui demandant naïvement : « Ça parle de quoi votre livre ? » Mon maître s'exécute sans enthousiasme, il connaît son pitch par cœur puis prend congé de la maquilleuse et dit bonjour aux équipes, les assistants, régisseurs, cadreurs, monteurs, programmateurs, producteurs, et sous d'acides projecteurs, en pleine conversation *via* l'oreillette, les animateurs.

« Silence ça tourne ! », qu'ils disent derrière. Mon maître est rodé désormais. Il répond aux questions et c'est de plus en plus facile. Faut dire que chaque semaine les mêmes questions se répètent, à croire que les journalistes se passent le mot ; alors mon maître n'a plus qu'à prendre une mine spontanée et à faire semblant de regrouper ses idées.

De retour en régie, on lui dit poliment qu'il passe bien à l'image. Mon romancier répond « Merci c'est gentil », avant de s'en aller pour une autre émission de télé diffusée sur le câble l'après-midi et en rediff toutes les nuits. Devant les caméras, le plus souvent, on lui parle sérieusement comme à un homme politique en pleine crise. Parfois c'est blague et compagnie et mon maître doit jongler comme un clown martyrisé. Il préfère les émissions de radio. Pas la peine de penser à bien s'habiller – il peut porter le même pull que sur l'un des plateaux télé, surtout ne pas passer des heures face à sa penderie devant mon regard circonspect –, quoique la plupart sont filmées désormais, alors souriez ! Dans le casque qui défait sa coiffure, il entend sa voix en retour son, chaque mot minutieusement découpé, imaginant les auditeurs pendus aux lèvres de sa pensée et parfois, ça le fait bégayer.

Il lui arrive de faire des duplex pour des émissions et il préfère. « C'est plus relax », dit-il. Pas besoin de se déplacer ni d'anticiper, il lui suffit de télécharger des logiciels bizarres et alors, il répond aux questions des journalistes depuis notre lit douillet ou en rangeant les assiettes du lave-vaisselle, le cycle venant juste de se terminer.

Mon maître fait des émissions nationales, des émissions du câble, des émissions régionales, associatives, religieuses, de divertissement, littéraires ou de santé. Il est touche-à-tout, multifonction comme ses appareils électroménagers. Il a partagé le micro avec des écrivains comme avec des chirurgiens esthétiques, des danseuses, des chanteuses du moment, des chanteurs du passé, des hommes politiques, des vedettes de télé-réalité, des sociologues, des prêtres, des anonymes simplement venus témoigner. Sa voix sur les ondes s'est déplacée de Paris jusqu'au Québec, de la Guyane en Afrique de l'Ouest et pas le temps de souffler ; mon maître doit prendre sa valise et partir pour ses rencontres en librairie. Il attrape son train, sa vie devient une succession de sandwichs jambon beurre et de tartes aux pommes industrielles qu'il fait passer en notes de frais. Il essuie les grèves, les retards, les changements de voie, les raccordements de wagons, les voitures soudainement supprimées et parfois, mon maître voyage par terre, sans place attitrée comme un chien peu considéré, devant son écran à taper son nouveau secret.

Grâce à mon maître, je visite la France et ses librairies bigarrées. Il répond aux questions, aux demandes de photos, aux curiosités ; il signe des livres à des lecteurs fidèles ou venus par curiosité, se joint à des dîners et sur place, s'intéresse à la vie des libraires de Villefranche, probablement ses préférés, à la libraire de Metz qui, avec sa compagne, viennent d'avoir un bébé et de tous les autres qui le soutiennent depuis des années, de Lille, Bordeaux, Marseille, Draguignan, Lyon, Rennes ou Saint-Malo, c'est comme un tour du monde, en territoire familier.

En rentrant de ces périples en voiture 8, assis près d'un monsieur qui se gobe des œufs durs entiers, mon maître continue sur sa lancée. Une main dans mon pelage, une autre sur son téléphone, il consulte les réseaux sociaux. Il met à nouveau des *likes* aux chroniques qui disent du bien de son livre, pour celles plus mitigées, il essaie de ne pas trop y penser (mais il y songe de longues soirées). Il découvre de nouvelles interviews dans Google Actualités et à l'écrit, ses mots retranscrits sont parfois déformés par les journalistes. *Tant pis*, qu'il se dit. *Qui, de toute façon, lit les articles jusqu'à la dernière question posée ?*

Mon maître pour se changer les idées scrolle sur les sites d'actualité. Il attend l'annonce des prix littéraires. Il n'y croit pas cette année mais toujours est-il qu'il aimerait. Comme les autres et tel un jeu, il mise sur les futurs élus : elle, cette grande écrivaine… depuis le temps, il faudrait, mais ce jeune trentenaire a écrit un livre indispensable à la rentrée. C'est une partie de dés qu'il faut prendre comme tel, car peu de gens savaient à quel point tous ces prix parisiens sont lourdement influencés…

Il ne reste qu'une heure avant d'arriver à destination et dans ses e-mails, mon maître est sa propre secrétaire. Il s'occupe des prochaines festivités, envoie son RIB et son attestation de précompte, prépare un devis pour une rencontre en lycée, dépose une facture sur une plateforme en ligne, fait la demande d'un pass culture pour une rencontre en médiathèque, précise le train de telle heure pour le prochain salon, tel hôtel, telle nuitée, et finit par répondre à une invitation de libraire : « Avec plaisir pour une soirée en votre compagnie, mais si possible, après le 11 ou alors en janvier. » Quelques secondes de répit, il s'enfuit pour se divertir sur les réseaux ; il regarde une vidéo de chien – évidemment un carlin qui ressemble à ma partenaire que j'ai laissée dans la paille avec ses boutons roses – et n'a même pas le temps de regarder la vidéo en entier, que le train arrive à quai. Un chauffeur de taxi nous attend derrière sa pancarte digitalisée, alors mon maître adopte une allure battante parmi les passagers. Faut se bouger, se dépêcher, l'émission suisse commence dans soixante-dix minutes – là-bas on dit septante.

Brive et Céline Dion

Toujours accaparé par les salons du livre, mon maître me laissait souvent à la maison. Il avait compris qu'attendre sous une chaise pendant des heures et des heures tandis qu'il bavardait avec les lecteurs, les libraires et les camarades de promo, ça me plaisait moyennement.

Cet automne, comme un chien de cirque, j'ai passé mes week-ends à droite à gauche, tel un animal errant. Mais parce que je suis un être demandé, j'ai toujours plusieurs maisons à disposition. La coloc de Jade qui vit en banlieue avec un jeune comédien qui parle fort et son cousin musicien. Le petit appartement de Lucile et Max avec toutes ces plantes, ces tissus fleuris, ces bibelots en verre et ce grand canapé blanc dans lequel j'ai interdiction de monter (je finis toujours par y aller). Et puis la maison de Christelle avec le jardin génial et les enfants toujours là pour faire les quatre cents coups avec moi et autant dire que oui, c'est mon endroit préféré.

Mon maître le sait d'ailleurs. Il dit toujours que chez Christelle, ce sont les vacances, mon aire de détente, ma petite retraite et il n'a pas tort. Chez Christelle, je suis le roi élu sous les applaudissements. Là-bas, on me caresse du matin au soir, on me donne du yaourt dès le petit-déj, on joue aux courses-poursuites, on me noie d'attentions, on me dépose sur des plaids douillets et quand Christelle travaille depuis la maison, j'ai même le droit de dormir sur ses genoux tout l'après-midi sans jamais me faire déloger. Mais une fois ou deux, parce que ni Jade, ni Lucile, ni Christelle n'étaient disponibles pour me garder, mon maître a dû faire appel aux services d'une dogsitter.

Mon maître culpabilise de me laisser aux bras d'inconnus. Je lui affichais à ce point mon air dévasté que mon maître venait me récupérer au plus tôt. Ensemble, on repartait dans les trains, en direction de salons et celui-ci, à la fin de l'automne, je ne suis pas près de l'oublier.

Cela a commencé le premier vendredi de novembre, aux aurores, par un train spécialement affrété pour tous les auteurs et qu'on appelle le train Cholestérol.

Dès 10 heures, dans ces wagons privatisés pour les romanciers et leurs éditeurs, des serveurs en complet veston proposaient vin, plateaux de fromages, bourriols de veau, terrines de volaille et « de la prune »(je pensais que c'était un fruit mais ça n'a pas du tout la même odeur).

Cinq heures plus tard, quand le train est arrivé à quai, j'ai mis les pattes dans la ville du salon tant convoité, celui que tous réclament toute l'année : Brive. D'abord il faut dire, j'ai été déçu. Brive-la-Gaillarde est une petite ville comme une autre, avec ses quelques rues commerçantes, ses pressings, ses magasins de tabac, ses vieilles dames et leurs caniches peureux qui, une fois sur deux, m'aboient dessus. (Ah la peur des étrangers, quelle plaie !)

On m'avait rebattu les oreilles depuis des semaines au sujet de Brive pour... ça ? Cette bourgade dans laquelle, par les ronronnements d'un bus-navette, blotti contre mon maître, je traversais les hameaux et les zones périurbaines en écoutant certains auteurs dire d'une voix rogue : « Mais qui habite ici ? », « Que c'est laid ! », « Oh, regardez, y a même des Jardiland et des Buffalo Grill ! » Mon maître était dérangé par ce mépris parisien. Il rétorquait à l'assemblée médisante qu'il aimait bien, pas forcément les Buffalo Grill, mais cette ambiance de zone commerciale, ces magasins comme Noz ou Action qui lui rappelaient des souvenirs d'enfance.

Une heure durant, la navette passait de quartier en quartier, de lotissement en lotissement. Elle déposait des auteurs à leurs hôtels comme des prisonniers tout juste libérés et à chaque arrêt, dans le bus, ça rigolait fort : « Oh, le pauvre vieux, ils l'ont mis dans cette auberge deux étoiles » pendant qu'un auteur assez âgé muni d'un béret et d'une valisette descendait les marches du car et qu'au loin, on lui sifflait : « Mais t'inquiète pas l'ami, vise leur panneau, ils ont Canal Sat. Tu vas être royal et en face de l'auberge, il y a même une machine à pain 24 h sur 24. »

Plus les haltes s'enchaînaient, plus les auteurs craignaient l'endroit où ils allaient à leur tour atterrir. Alors ça rigolait moins, ça rigolait jaune et mon maître, lui, me caressait doucement les oreilles en contemplant le paysage comme s'il faisait un lointain voyage. Mon maître aussi aimait être bien logé, surtout dans un hôtel près du salon pour pouvoir rentrer de temps à autre et se reposer. Parfois on le mettait dans des auberges tristes ou des hôtels de périphérie à vingt kilomètres du salon et mon maître détestait. Il se sentait pris au piège, sans autre choix que de rester sous un barnum mal chauffé de 9 heures à 19 heures, sans possibilité d'évasion. Et ça n'a pas manqué : ce jour-là, nous avons terminé dans un petit et cossu château à six kilomètres du centre. On avait beau dire à mon maître : « Ne vous inquiétez pas, vous pouvez appeler des navettes, elles seront là en quinze minutes », mon maître savait qu'il allait devoir s'organiser.

En s'installant dans sa grande chambre chauffée, avec lit king size et coussins à profusion (pour moi c'était l'éden), mon maître se rappelait toutes les galères qu'on lui avait imposées depuis toutes ces années. Des excursions dans des salons reculés, au fond de la Bretagne ou, cette fois-là, dans les forêts des Vosges, où mon maître avait été placé dans un hôtel de campagne, bâtisse trapue et triste au milieu de nulle part, tenue par un homme à l'œil de verre qui, dès son arrivée, avait annoncé l'heure du couvre-feu et le programme des repas : rognons, sardines, abats, escargots.

Dans sa petite piaule aux murs habillés de lambris, mon maître était resté deux heures, coincé entre celle du propriétaire qui regardait à volume d'illuminé des séries policières et celle d'un représentant commercial en lunettes et lentilles de contact, qui s'engueulait au téléphone avec sa maîtresse. Après quoi, mon maître avait récupéré ses quelques affaires et refermé sa valise, puis sans rien dire à personne, surtout pas au proprio à l'œil de verre qui lui flanquait les jetons, il avait filé en douce, façon fugitif, sur un chemin de terre derrière l'auberge, dans l'attente d'un taxi.

Mon maître aimait souvent raconter à ses amis ses histoires de salon. Et encore plus ses histoires d'hôtel. L'hôtel de la gare d'Évreux peuplé de cheminots et dont la salle de réception était située dans le bar-tabac au rez-de-chaussée et où des bouts de pain et des verres de café étaient distribués à côté des tickets à gratter et d'une grande télé qui diffusait un jeu qu'on appelle Rapido (c'est comme le Loto mais en plus triste). La chambre à Saint-Étienne sans toilettes. L'auberge, dans ce village dans l'Est, qu'ils avaient fait rouvrir exprès pour mon maître car plus personne ne visitait les alentours depuis deux décennies. Et puis la maison de retraite, tout le monde s'en souvient. Faute de logement, mon maître avait été placé dans une maison de repos, et comme les chambres des résidents étaient toutes occupées, on l'avait mis dans la chambre mortuaire, entouré de fleurs artificielles et de bougies à moitié entamées. Sans réseau téléphonique et coincé jusqu'au petit matin, mon maître n'avait pas dormi de la nuit ; quand il s'assoupissait, il était persuadé que des infirmières sociopathes allaient l'enterrer vivant dans la forêt juste derrière.

Et puis, il y a eu le petit hôtel à deux étages avec les puces de lit. La grande tour où des bruits bizarres résonnaient dans les murs comme des voix qui appelaient à l'aide. Et puis encore le vieux CFA à vingt-cinq kilomètres d'Hyères. Mon maître y avait dormi trois jours. Comme les autres romanciers, chacun était placé sur un « continent ». Il logeait en Afrique. Dans une chambre où le sol, les plinthes et les murs étaient tous peints de la même couleur : vert pomme, un vert si pomme que même en fermant les yeux, mon maître voyait la couleur et s'endormait, le regard azimuté.

Mon maître et ses copains auteurs échangeaient souvent leurs déboires. C'était une façon de se montrer solidaire et de rire du moins bien loti. Quand mon maître racontait le coup de la chambre mortuaire, on lui parlait des passages éclairs dans des hôtels sans électricité, des hôtels hantés, des auberges vides, des salles des fêtes, des nuitées interminables chez l'habitant, en tête à tête avec un plat de cassoulet qui, après avoir copieusement digéré, se mettait en tête de vous faire visiter le musée des Tapisseries Anciennes.

On racontait aussi que plus les auteurs étaient importants (comprendre, plus ils vendaient de livres), plus on les mettait dans des hôtels prestigieux ou dans des suites. Certains faisaient des caprices comme des enfants s'ils n'avaient pas la vue sur la mer, ou si leur fenêtre, par mesure de sécurité, ne s'ouvrait pas totalement. Ils s'offusquaient : « J'étouffe, je vais m'asphyxier. Qu'on me trouve une autre chambre. » Souvent, les auteurs pour enfants se contentaient des hôtels les plus quelconques, les petites chambrées, les cellules de 8 m^2, avec lit une place et vasque (un jour, mon maître avait dormi dans une chambre où la salle d'eau était un placard amovible en plastique).

À Brive, le logement était tout autrement cossu. Personne ne pouvait se plaindre de ce château avec dépendances, salles de réunion, centre fitness et moquette moelleuse pour mes vagabondages. Toutes les chambres portaient un nom : Sérénité, Délicatesse, Gourmandise. Notre chambre était baptisée Plaisir. Et une fois installés à Plaisir, il nous fallait déjà repartir pour le salon, grimper de nouveau dans la navette qui traverserait les mêmes boulevards sertis de Saint Maclou et de buffets à volonté pendant que j'allais me farcir les mêmes remarques des auteurs parisiens sur la France moche.

En soi, le salon de Brive n'avait rien à voir avec les autres salons. Il y avait beaucoup plus de monde. On aurait dit un grand supermarché improvisé, avec en tête de gondole les portraits des auteurs placardés sur des posters muraux ; à chaque portrait, à chaque stand, étaient associés une lettre et un numéro, afin que les lecteurs puissent se repérer et trouver leurs écrivains préférés. J'avais l'impression d'assister à une exposition où les auteurs devenaient des bêtes de concours susceptibles de remporter le gros lot. Au loin, j'entendais des femmes dire : « Michel Bussi est en L26 », « Melissa Da Costa en N34, mais apparemment, il y a trois heures de queue. Laissons tomber, allons plutôt voir cet auteur en M14. » En trombe des femmes débarquaient sur le stand de mon maître et commençaient à discuter : « J'ai tous vos livres, mais il me manque le dernier. Vous pouvez me le dédicacer. Je m'appelle Héloïse, avec un H, hein, ne faites pas la faute. »

Sur le stand de mon maître, les lecteurs se remplaçaient les uns les autres et je voyais bien que mon maître s'efforçait de retenir le prénom de tous. Il disait : « Bon salon Loriane », « À bientôt Chloé », « j'espère que le livre vous plaira ainsi qu'à votre sœur, Édouard. » Ici, mon maître n'avait pas le temps d'une caresse à mon endroit. Il signait, signait, signait comme un opérateur de conditionnement à la tâche unique, sans pouvoir lever la tête ou s'étirer un bras. Il retrouvait certains lecteurs des années précédentes avec lesquels il avait sympathisé. Parfois on lui demandait : « Vous me reconnaissez ? Je vous avais laissé ma carte », « Vous vous souvenez de moi ? On avait parlé pendant dix minutes, et on avait bien rigolé. » Et mon maître citait leur prénom et les lecteurs étaient flattés.

Une poignée d'entre-eux venaient le voir uniquement pour prendre des photos. « Ça ne vous dérange pas ? » Mon maître répondait non à chaque fois, mais je voyais bien qu'il se forçait. D'autres se contentaient de demander un service : « Vous pourriez lire mon manuscrit ? Me donner l'e-mail d'un éditeur ? » Certains voulaient l'inviter dans un petit salon « sans grand moyen, mais à deux pas de Dijon ; vous verrez c'est très joli ». D'autres approchaient par hasard, ils disaient qu'ils n'achetaient jamais de livres neufs, ils préféraient se les procurer d'occasion sur les sites en ligne.

Certains piochaient un roman dans la pile : « Ça parle de quoi ? Vous me racontez ? » Mon maître était épuisé de toutes ces discussions. Pour la centième fois, il racontait, alors qu'il suffisait de lire le résumé au dos du livre pour se faire une idée. D'une voix accablée, quelques-uns lui disaient encore et toujours : « Je ne vous ai jamais lu, j'ai honte. Je dois commencer par lequel ? »

Quand on posait ce genre de questions à mon maître, il ne savait jamais comment réagir. Il détestait jouer à la marchande de couleurs ou au vendeur de boîtes. Certains auteurs le faisaient avec un aplomb tel que ça le dégoûtait : « Oh mais vous allez adorer mon livre ! Vous allez voir, c'est émouvant et très intelligent, vous serez captivé. » Mon maître, lui, refusait de s'abaisser à une telle indignité. Son métier était d'écrire, pas de supplier.

La plupart du temps, mon maître bafouillait en reprenant la question : « Je vous conseille lequel ? Eh bien cela dépend des sujets, de vos sensibilités. » Il citait un ou deux titres, parlait d'une aventure et d'une autre. Certains l'écoutaient et suivaient ses conseils. D'autres qui voulaient juste faire un brin de causette repartaient et récidivaient avec d'autres auteurs, à quelques tablées.

À Brive, mon maître et moi n'avions pas beaucoup de liberté. Il était difficile de quitter le stand et d'aller discuter avec un copain ou de flâner en ville pour s'acheter une petite friandise. Les auteurs déjeunaient et dînaient ensemble par maison d'édition et j'avais l'impression d'être au beau milieu d'un élevage de chiens qui filait droit sous le regard de leurs propriétaires qui les tenaient en grappes.

Mon maître déjeunait et dînait à la *Truffe noire*, un restaurant avec un piano à l'entrée autour duquel, après quelques verres, tout le monde se mettait à improviser un karaoké géant jusqu'à pas d'heure. Malgré le nom de la brasserie, je n'étais pas convié à rester à la *Truffe noire*. Les chiens n'étaient pas autorisés, même ceux des romanciers (cela dit, l'ambiance fausse note de fin de soirée en reprenant des airs de chanteurs suicidés, très peu pour moi). Chaque fois, mon maître me déposait à l'hôtel comme un vulgaire paquet et revenait à moi au beau milieu de la nuit.

À son retour, mon maître sentait fort, comme un chien pas lavé, option tabac froid et extrême fatigue, comme si le karaoké l'avait essoré dans une grande machine. Sa voix était molle et lourde, et le lendemain matin, je comprenais, quand il bavassait avec les autres, qu'il avait bu et dansé toute la nuit, non pas autour du piano, mais au Cardi.

Au Mans, il y a les rillettes. À Talloires, le lac d'Annecy. À Brive, j'ai compris qu'il n'y avait rien d'autre que le Cardi, cette petite boîte de nuit dont les murs sont ornés de motifs de femmes en strass et en graffitis, et où tous les auteurs et les éditeurs boivent et fument en se trémoussant sur des chansons de Herbert Léonard et Émile & Images avant de s'accorder à dire : ce qui se passe au Cardi doit toujours rester au Cardi.

Les journées au salon étaient souvent ponctuées de conversations autour du Cardi. Tous les auteurs racontaient comment ils avaient bu, comment ils avaient dansé sur Shakira, puis sur Jeanne Mas et certains lecteurs venaient voir mon maître et confirmaient au matin : « Je vous ai vu au Cardi, vous aviez l'air de vous amuser sur la piste. Vous semblez connaître *Prière païenne* par cœur, vous aimez Céline ? » À Brive, les auteurs préféraient toujours se rendre au Cardi plutôt que de signer des livres. Bien sûr ils faisaient semblant que non. Ils simulaient une fatigue, une résolution : « Je vais rentrer tôt, bouquiner dans la chambre », avant d'y retourner, menton en avant, le soir tombé. Tout le monde aimait médire gentiment du Cardi : sa vieille musique, ses petites tables, ses peintures murales phosphorescentes, avant de s'y précipiter frais comme un gardon aux alentours de minuit et tous se plaignaient à l'unisson de ne pas dormir, de terminer leur soirée à 5 heures du matin, de rentrer dans le noir complet le long d'une autoroute en vomissant dans le fond d'un caniveau, avant de devoir poser en selfie, la mine jaune et la voix enrouée, avec leurs lecteurs levés du bon pied qui, mine jaune ou non, exigeaient une photographie.

Un an et toutes mes dents

J'ai un an et mon maître trouve ça important. Depuis le réveil, il répète le mot *anniversaire* comme s'il était aussi magique que le mot *gâteau*. Mais j'ai beau tourner la tête en direction du bureau là où il planque les meilleurs vivres, le tiroir reste fermé.

Selon mon maître, une année de vie, ça se célèbre. Depuis ce matin, j'ai droit à un monceau d'attentions, des repas gourmands et la promenade a duré plus longtemps (parce qu'on est allés jusqu'à la rue Verdier alors que d'habitude mon maître me fait tourner bien avant). Les passants qui s'approchent de nous demandent maintenant mon âge et mon maître répond. Certains rétorquent que je ne suis plus un chiot, que je vais bientôt lever la patte pour faire pipi (jamais de la vie), que je vais vouloir marquer mon territoire.

En comparaison de cet hiver, les approches se raréfient. Avant je fédérais le monde entier, de la grand-mère compote au type accro à sa salle de sport. Maintenant les seuls qui viennent me voir sont les amateurs de chiens ou les fans de carlins, comme ceux qui collectionnent la moindre tasse à café avec notre trogne dessus ou qui passent des heures sur Instagram à regarder nos exploits. Mais aujourd'hui, je refuse de broyer du noir. Je me dis que c'est un hasard, que les mamies et les gros bras reviendront tôt ou tard.

Cet après-midi, on a fait une halte à l'animalerie, celle dans laquelle je suis entré pour la première fois juste après mon adoption et là-bas, j'ai tout reconnu, l'odeur des cochons d'Inde et la paille des hamsters, le bol pour les chiens à l'entrée du magasin, même la vendeuse au blazer rouge et aux lunettes droites me disait vaguement quelque chose. Mon maître s'est posté devant l'allée des jouets. Comment me tenter davantage ? Mon maître a pris des mains l'Ourson, ma peluche préférée, parce qu'il sait que celles que j'ai à la maison sont grignotées jusqu'aux coutures et les partisans de la décroissance pourraient bien vouloir me juger, je collectionne les peluches comme mon maître aime à collectionner les livres ou les articles de presse à son sujet.

En rentrant, l'Ourson dans ma gueule pour m'assurer que personne n'allait me le piquer, j'ai compris que fêter un anniversaire, ça veut surtout dire être gâté. Je n'étais pas contre le concept. Dans le salon, ma peluche et moi dans la niche, mon maître s'est mis en tête de calculer mon âge humain. Il regardait sur Internet les correspondances entre les chiens et les hommes. Même si au fond, j'ignore ce qu'est la vieillesse. Je vois la différence entre Albert, ce vieux chien aux babines décolorées du quartier, et le tout petit bulldog énergique récemment extirpé de sa portée, mais l'âge est une donnée qui m'échappe totalement.

Apparemment, il faudrait multiplier par sept pour calculer l'âge réel d'un chien. Mais en faisant des recherches, mon maître a compris que c'était une erreur. Il faut prendre en compte le rythme de croissance, le seuil de sénescence, la corpulence du chien en question.

Il faut considérer qu'un chiot vieillit quinze fois plus rapidement que l'homme durant sa première année, puis ajouter six ans durant la deuxième année. Ensuite, il suffit d'ajouter environ quatre ans pour chaque année supplémentaire et vous obtiendrez l'âge de votre chien en années humaines.

Ça me paraît bien trop compliqué.

Selon ces sites spécialisés, j'ai vingt ans. Mon maître en riait, il disait que j'étais un jeune homme maintenant, et la tête sur le côté, je le regardais, l'air de dire : « D'accord, tu me laisses jouer avec l'Ourson ? » Jusqu'au dîner, mon maître était aux petits soins. Il n'a pas été sur les réseaux pour relayer les chroniques coups de cœur, il n'a pas appelé Jeanne, il a laissé sa valise au-dessus de l'armoire. Et alors j'ai compris que mon anniversaire était un grand moment.

Aussi, quand mon maître me parle de lundi, de mercredi, de samedi, je ne comprends pas. Mon rapport au temps est différent du sien. Le temps existe autrement pour les chiens, selon les cycles circadiens, c'est-à-dire les cycles qui durent un jour. Grâce à mon horloge interne, je sais régir mes journées selon mon sommeil, mes activités, mes repas, mes besoins instinctifs. La preuve : je me réveille tous les matins à la même heure, je guette mes repas à 11 heures et à 20 heures, mes promenades toutes les huit heures, mais il faut dire que pour m'aider, je me calque aussi sur le rituel journalier de mon romancier (je respire les phéromones qu'il dégage afin de mieux me repérer).

Que mon maître quitte la maison pour une ou quatre heures, c'est la même chose pour moi : ça équivaut à des jours entiers. Pour pallier le vide, je passe mon temps à dormir, ça évite de se torturer. Mon maître est parti et durant son absence, la gamelle d'eau n'a pas descendu d'un coussinet, mes jouets n'ont pas bougé, puisque je dors de tout mon long, pour que mon maître rentre plus vite et que l'attente se réduise. Mais si un jour mon maître disparaissait pendant des mois, qu'est-ce qu'il arriverait ?

Chez les chiens, il existe une légende, celle de Hachikō, un chien japonais qui, au début du XXe siècle, avait pour habitude, les deux premières années de sa vie, d'attendre son maître à la sortie du travail à la gare de Shibuya, à Tokyo, une ville au nom rigolo à gauche de Paris. Quand ce dernier mourut d'une attaque cérébrale à son travail, Hachikō continua à aller l'attendre à la gare, à la même heure. Il venait tous les soirs, faisait ses rondes, cherchait ses repères, ses flaques, croisait les shibas du coin et attendait son maître. Hachikō a attendu son maître tous les soirs à la gare, pendant neuf ans. Une statue a depuis été érigée en son honneur à la gare de Shibuya. Et si mon maître disparaissait, moi aussi, j'irais fouiller les alentours pendant des années, de la rue des Trois-Ponts à la rue Verdier, en passant même par la venelle qui sent la Javel et qui m'effraie.

Typologie

Cet automne, j'ai fait six salons. Deux par mois, comme un exercice d'éducation canine. Plus je prenais part à l'expérience des manifestations, plus je comprenais les romanciers. Plus je décryptais leurs manies. En vérité, comme nos races, il y en a de toutes sortes.

D'abord les auteurs timides. Je crois que comme les yorkshires ou les chihuahuas, ils sont l'espèce majoritaire. Des auteurs modestes qui attendent les lecteurs derrière leurs piles de livres en se regardant les doigts. Des auteurs qui ne savent pas trop comment se tenir, debout, assis, qui finissent par se tortiller sur leur chaise, et qui, lorsque les lecteurs approchent, empoignent un bouquin, ne savent composer, « Bonjour, euh… bonjour, je vous laisse lire », et quand les lecteurs repartent, peu convaincus, ceux-là murmurent un « Bon salon » avant de regarder une énième fois leurs mains humides.

Autre espèce, plus rare, mais de plus en plus répandue : les auteurs secrétaires. Les auteurs toujours à l'heure, bien dressés comme des braques de Weimar. Des auteurs présents dès l'ouverture du salon, quand mon maître, lui, pionce, insouciant, dans son lit d'hôtel, collé à moi – bon d'accord, c'est moi qui me colle à lui. Les auteurs secrétaires sont fidèles au poste. Ils ne quittent leur stand que pour une envie pressante, un cas de force majeure, et repartent, résignés, à la fermeture du salon, alors qu'il n'y a plus personne et que le soleil s'est depuis longtemps tiré. Les auteurs secrétaires aiment parler aux gens. Contrairement aux auteurs sympas – ça, c'est l'espèce des bons copains, des labradors dévoués, qui posent des questions aux gens, font des blagues, passent plus de temps au resto que derrière leurs livres, n'hésitent jamais à déserter leur poste pour aller saluer un camarade –, les auteurs secrétaires parlent aux lecteurs dans l'idée de vendre des livres. Ils ne se sont pas anesthésié le séant dix heures sur un aplat de chaise pour repartir bredouille. Quand les lecteurs se font attendre, les auteurs secrétaires regardent beaucoup leur montre. Au déjeuner, ils ne s'attardent pas, ne prennent pas de dessert, car il pourrait y avoir des lecteurs au stand – généralement il n'y en a pas.

L'auteur secrétaire a plusieurs cousins. Un peu comme les caniches et les romagnols. Le premier cousin, c'est l'auteur publicitaire. Ceux-là pour la plupart sont des auteurs édités par des maisons locales. Des auteurs passionnés dont ce n'est pas le métier, qui ont pris leur journée pour montrer leur travail, ont supplié d'obtenir un emplacement avec l'intention ferme de vendre des livres. Quand ils me voient au pied de mon maître, ils se disent tous : « Ah, pas mal le coup de chien ! Ça doit signer à la pelle avec un atout pareil. » Pour s'assurer des signatures, les auteurs locaux n'hésitent pas à venir avec du matos. Des cartes de visite plastifiées, des marque-pages avec l'illustration de leurs couvertures, des stylos et des feutres de toutes les couleurs, des paquets de bonbons qu'ils ouvrent sur leurs piles de livres. Parfois ils créent des bandeaux eux-mêmes. « Meilleur livre selon ma mère », « Le roman préféré du village d'à côté », « Goncourt 2026, je vous promets », et selon le modèle de ces bandeaux amusants, ils érigent des pancartes qu'ils placent devant leurs livres pour dire que ce serait trop bête de ne pas les lire.

Les pancartes, c'est une astuce reprise par les auteurs non locaux, c'est-à-dire parisiens. Les auteurs parisiens, catégorie large, sont fiers. Bien plus que les auteurs locaux. Leur phrasé est découpé. Ils portent de grands manteaux, de grands sacs, de grands chapeaux ; chez eux tout est grand, y compris l'ego. Parmi eux, il y a les auteurs dépressifs. Ceux qui partent dans de grands râles quand on prend de leurs nouvelles et qui disent d'une voix faible : « C'est dur, de plus en plus. Je ne vends pas, alors que j'écris mieux que ces imposteurs de prix, il serait temps qu'on reconnaisse la vraie littérature. »

Autre catégorie, les auteurs pensifs. Jamais un mot de trop. Gentils avec les lecteurs, les organisateurs, les collègues. Ils disent amen à tout, signent pour toute la famille, demandent le prénom des neveux et des nièces, n'empèsent jamais. Ils font le travail, remercient toujours à la fin même s'ils n'ont vendu que deux livres en six heures ; ce n'est pas la fin qui compte mais les moyens.

Parmi les auteurs parisiens, il y aussi les auteurs hautains. Ceux qui toisent du regard, ne saluent pas leurs collègues assis tout à leur droite, s'installent sans un mot, la tête haute comme un colonel bouffi par la colère et quand certains lecteurs leur posent des questions, ils les expédient. L'auteur balaie d'un regard le visiteur et retourne à leur lecture, une énième analyse de l'œuvre de Proust.

En salon, on trouve aussi les auteurs anxieux. Ceux qui paniquent de manquer leur train, de se tromper dans les adresses, de ne pas être assez bons pendant leurs conférences, de ne pas avoir assez de temps pour déjeuner, repartir, être à l'heure, de marcher sans parapluie sous l'averse et puis leur chambre d'hôtel est trop petite, c'est pas une vie. En plus, ils ont oublié leurs cachets pour dormir ; il faudrait leur trouver une pharmacie. Les auteurs anxieux ont besoin d'être rassurés comme des tout-petits, accompagnés tout le temps, tenant la jambe de leurs éditeurs ou de leurs attachés de presse qui se sacrifient pour échanger leur chambre et panser leurs doléances.

Les auteurs divas sont peureux aussi. Mais leur angoisse est différente. Celle qu'on ne les reconnaisse pas, qu'on ne les admire pas assez. « Je suis passé à la télé sur CNews vers minuit, ça ne vous dit rien ? J'ai eu un super papier l'an passé sur mon dernier livre. Le journaliste est un grand nom de France

Info, vous devriez y jeter un œil. » Par crainte de devoir rivaliser avec les auteurs hautains ou les auteurs de supermarché, les divas se comptent sur les doigts de deux mains. Ils n'ont pas beaucoup de presse mais vendent par palette entière, certains lecteurs disent que ces auteurs sont grand public et écrivent des romans de gare. Je ne vois pas bien le rapport moi. Dans les salons, les divas n'apparaissent que lointainement, derrière des files et des files interminables de gens et disparaissent le reste du temps. Les divas veulent qu'on les reconnaisse à leur juste mesure.

Sur les tables, on retrouve un bon mélange d'auteurs : peureux, publicitaires et parisiens. C'est assez facile de les choper, il suffit de regarder les verbatim autour des livres et les phrases tirées d'articles de magazines : « Roman immanquable ! », « La claque de l'hiver ! », « Un livre incroyable ! », « Sélectionné sur la première liste d'un prix que personne ne connaît ! » Et heureusement que je ne sais pas lire parce que pour moi ça ne veut rien dire, à part que ces auteurs-là ont le même sentiment d'insécurité que n'importe qui.

Sur son stand, mon maître, lui, n'a pas de pancarte. Pas de marque-page ni de paquet de bonbons. Alors sur le salon, je le contemple en silence, dans un grand soupir, les yeux en berne. De quel camp fait-il partie ? De quelle famille ? Parmi toutes ces espèces, qui est mon maître ?

Dans les salons, il y a plus féroce que les divas terrifiées. L'espèce au-dessus, celle des auteurs marketing. Les auteurs rentre-dedans. Les auteurs alpha. Ils viennent en salon tels des rapaces au-dessus d'une meute, comme cette fois dans une ville dont je n'ai pas retenu le nom et qui sentait fort le froid. L'auteur alpha était une femme. On dit autrice, je crois. Elle était venue près de moi et de mon maître, avait déposé son sac à main épais sur la table en prenant toute la place et s'était tournée vers nous en disant : « Je vous préviens, en salon je suis insupportable. »

Sans pancarte ni marque-page, cette race alpha tend ses livres comme des cartes de visite. Ils agitent leur petit doigt et s'en prennent à la foule. « Venez voir par là ! Oui vous, venez. Vous aimez lire ? » Question incroyable. « Vous aimez les romans qui font du bien ? Vous aimez les romans originaux ? » L'autrice, dans le salon froid, haranguait les passants de cette façon. « Si vous aimez les belles histoires, alors vous aimerez mes livres. Commencez donc par celui-ci c'est le plus émouvant, puis enchaînez avec celui-là, le plus intelligent et pour finir, terminez en lisant ceci, indispensable. Un vrai bouquet final, vous ne le regretterez pas. » Les gens se sentaient tellement pris en étau dans les yeux voraces de l'autrice qu'ils n'avaient pas d'autres choix que de sortir leurs sous et de repartir avec tous les livres.

Dans les salons, j'ai aussi croisé des auteurs “légers”. Ceux qui écrivent de la romance légère, drôle, parfois coquine. Vous aimez les romans légers, alors j'ai ce qu'il faut. Moi j'ai l'impression que pour les snobs, léger, ça veut surtout dire mauvais. Mais mon maître n'est pas d'accord ; du moment que les gens lisent, c'est le plus important. Les auteurs légers ont un complexe d'infériorité. Ils ne se sentent pas aussi écrivains que les auteurs de littérature blanche. Alors pour compenser, ils en font des tonnes. Sourires, blagues, selfies, stories, comme des copains de colonie. La plupart d'entre eux sont assis aux mêmes endroits dans les salons, parqués ensemble, comme on regroupe ceux qui écrivent des romans qui font peur ou les romanciers pour enfants. À croire que si on les mélangeait, une crise se déclencherait. Les auteurs légers aiment dire aux lecteurs : « Oh vous allez aimer, mon livre, qu'est-ce qu'il est drôle ! Vous allez vous marrer ! »

Et niveau promesse, c'est balèze : « Tu vas te tordre de rire à ma blague, tu veux l'écouter ? »

Dans les salons, ce que je préfère, ce sont les auteurs de bande dessinée. Moi j'aime bien la BD, ça me fait penser à la télé quand il y a des chiens qui passent et qui me font aboyer comme un illuminé. Je regarde les images. Faut pas croire que je ne vois pas en couleurs. Certes des couleurs sont plus troubles mais quand même. Les auteurs de BD sont la meilleure espèce pour moi. Ils sont drôles mais ne claironnent pas. Timides sans se regarder les doigts. Jamais publicitaire. Marketing comme il faut, à quelques exceptions près. Et surtout, en lieu et place d'un gribouillis illisible qui ne sert pas à grand-chose, ils font des dessins personnalisés aux lecteurs. Un jour, l'un d'eux, qui raconte des histoires sur son enfance en Syrie – un coin que je ne connais pas, je me demande si c'est près du salon en Bretagne qui sent toujours le poisson et le sable froid –, a reçu beaucoup de lecteurs sur son stand. Je le regardais dans ma ligne de mire. Il demandait chaque fois le prénom des gens qui venaient le voir, leur métier, et pour qui ils votaient aux élections. En fonction de ce que répondaient les gens, l'auteur faisait des petits bâtons sur une feuille blanche. Des bâtons pour « faire mes propres stats », disait-il en se marrant.

Alors fasciné par les auteurs de bande dessinée, j'espère qu'un jour mon maître se mettra lui aussi à crayonner. Moi, ça m'arrangerait. Avec ses images, bien plus je voyagerais.

Comme on se souvient d'un bon dîner

Mon maître dit qu'une rentrée littéraire dure huit semaines. Huit semaines pour exister, rencontrer les libraires, signer, parler, faire des plateaux télé ou des émissions de radio, masque sur le nez. Mais désormais, les huit semaines sont finies et l'année va bientôt se terminer, alors que va-t-il se passer ?

Après la rentrée littéraire, le monde continue de tourner. Je retrouve Bichon, Muscade, Bowie et tous les autres chiens au beau milieu du parc boisé. Le livre de mon maître disparaît des conversations comme des tables de librairie, maintenant relocalisé sur une étagère, près des auteurs qui partagent la même première lettre de leur nom de romancier. Peu à peu mon maître retrouve sa vie, ses amis, ses amours, son foyer, son chien adoré qui le regarde dormir avant de l'agripper à la taille pour toute la nuitée. La valise a été définitivement rangée au-dessus de l'armoire. Les badges des salons, les factures des tables rondes, les courriers des lecteurs ont été archivés dans un classeur qui aussitôt a disparu dans l'armoire, parmi les oreillers d'avion et les imprimantes détraquées.

Mon maître depuis peu s'est remis à écrire. Pour quoi faire ? Pour mieux s'oublier ? Pour fantasmer ? Pour se faire aimer ? Pour mieux s'aveugler ? Pourquoi les hommes et les femmes écrivent-ils au fond ? Pour plus de succès ? Pour refaire une partie ? Relancer les dés ? Mon maître est heureux de cette rentrée passée. Il a fait ce qu'il a pu, il a honoré ses rendez-vous, rencontré ses lecteurs, signé dans de belles librairies engagées et maintenant, imaginant son livre dans les foyers, sur les tables basses, sur les étagères, peut-être aussi sur un coffret de bois dans les toilettes, le voilà satisfait.

À présent, tous les jours, mon maître aime marcher, ça lui donne de nouveau envie d'inventer, de reprendre le fil ou son clavier. D'ailleurs mon maître dit régulièrement que marcher c'est écrire différemment, c'est nourrir une jauge en soi cachée quelque part dans son ventre. Plus il marche, plus elle se remplit et tôt ou tard, l'écriture survient.

Alors ensemble, on se promène matin et soir, on regarde les arbres changer de couleurs et les gens de vêtements, je renifle les trottoirs et mon maître étudie la façade des silhouettes. En se baladant, il lui arrive de se rappeler tel article ou tel autre, de repenser à un coup de cœur de libraire, une recension ou une interview, comme on se souvient d'un bon dîner ou d'un songe d'été et puis comme un passé joli qu'on finit par cadenasser, mon maître n'y pense plus. Il met le livre définitivement derrière lui pour faire place à cette nouvelle épopée qui s'est imposée dans son esprit de romancier. Quelle sera sa prochaine histoire ? Ses personnages, ses thématiques, son époque, ses frontières, ses pays ? Comment seront alors nos jours et nos nuits ? Une femme infirmière pendant la guerre, un voyage dans le temps, une histoire d'île déserte, d'un amour passionnel, une histoire avec un chien peut-être, qui sait. Mais ce soir mon maître est fatigué, il n'a aucune envie d'écrire, aucune envie de travailler, mon maître a laissé l'ordi sur son lit, il a fermé la porte et sa boîte à idées, il s'est plongé dans le canapé et m'attrapant par les bourrelets, il nous a allumé la télé.

CET OUVRAGE A ÉTÉ ACHEVÉ D'IMPRIMER SUR ROTO-PAGE
PAR L'IMPRIMERIE FLOCH À MAYENNE EN SEPTEMBRE 2023

N° d'impression : 103238
N° d'édition : P31511/01
Imprimé en France